高职高专"十一五"规划教材

计算机高级应用实践教程

JISUANJI GAOJI YINGYONG SHIJIAN JIAOCHENG

杨柳 池敏 主编

U0116138

化学工业出版社
·北京·

全书共 6 章，包括 Windows XP 系统应用、Word 2003 文字处理、Excel 2003 电子表格、PowerPoint 2003 幻灯片高级应用、实用工具软件和计算机的日常维护。本书从学生的专业基础及需求出发，将实际工作中最常用的技术和有效的处理技巧提炼出来，通过情景教学及项目驱动的方式，用大量实例来讲解知识，重点突出、简明扼要、可操作性强。

本书可作为高等职业院校、专科学校、成人高校和中专学校的计算机文化基础教材，也可作为各类培训教材和浙江省计算机等级考试（办公软件高级应用技术）二级的培训用书，同时还可作为广大计算机爱好者的参考书。

图书在版编目（CIP）数据

计算机高级应用实践教程 / 杨柳，池敏主编. —北京：化学工业出版社，2009.3
高职高专"十一五"规划教材
ISBN 978-7-122-04781-6

Ⅰ. 计⋯　Ⅱ. ①杨⋯　②池⋯　Ⅲ. 电子计算机-高等学校：技术学院-教材　Ⅳ. TP3

中国版本图书馆 CIP 数据核字（2009）第 020095 号

责任编辑：李春成　鲍晓娟　陆雄鹰　　　　装帧设计：刘丽华
责任校对：蒋　宇

出版发行：化学工业出版社（北京市东城区青年湖南街 13 号　邮政编码 100011）
印　　装：大厂聚鑫印刷有限责任公司
787mm×1092mm　1/16　印张 12¾　字数　330 千字　　2009 年 3 月北京第 1 版第 1 次印刷

购书咨询：010-64518888（传真：010-64519686）　　售后服务：010-64518899
网　　址：http: // www. cip. com. cn
凡购买本书，如有缺损质量问题，本社销售中心负责调换。

定　　价：25.00 元　　　　　　　　　　　　　　　　版权所有　违者必究

本书编写人员名单

主　　编

杨柳　池敏

其他参加编写人员

庄涛　吴少俊　梁建平　刘晓丹
朱静宜　沈萍　徐美虹

前　言

随着计算机的快速发展与应用、Internet 的普及，人们传统的生活、学习、工作乃至思维方式都发生了巨大的变化。进入 21 世纪以来，掌握计算机基础知识与使用技能已成为当代人们的一项基本学习任务。

本书依据编者对非计算机类专业调研的最新成果，结合浙江省计算机等级考试"办公软件高级应用技术（二级）"考试大纲，以简单、有趣和实用为原则，以非计算机类并有一定的计算机操作知识基础的学生为主要教学对象而编写的计算机应用高级实践教程。全书共 6 章，第 1 章 Windows XP 系统应用，通过 2 个项目案例来介绍如何设置一个与众不同的个性化系统；第 2 章 Word 2003 文字处理，通过 5 个项目案例介绍 Word 2003 的一些高级应用功能；第 3 章 Excel 2003 电子表格，通过 3 个项目以实例的形式介绍了 Excel 的函数、图表以及数据分析在实际中的应用；第 4 章 PowerPoint 2003 幻灯片高级应用，通过 4 个项目案例提供了 PPT 高级实例设计方案，并从结构、布局、色彩、创意等方面介绍制作高水平 PPT 的实用技巧；第 5 章实用工具软件，通过 3 个项目进行介绍了常用的工具及使用方法；第 6 章计算机的日常维护，通过 2 个项目介绍了计算机日常维护技巧。

本书最大特点是简明扼要和可操作性强。编者根据多年的计算机教学经验，从学生的专业基础及需求出发，将实际工作中最常用的技术和有效的处理技巧提炼出来，通过情景教学及项目驱动的方式，用大量实例来讲解知识，尽量避免纯理论的说教，形成重点突出、简明扼要、可操作性强的教材。全书 19 个项目均根据生活和工作实际案例加工提炼，每个项目分项目目标、项目综述、相关知识点、实现方法及步骤和习题。项目目标设定了学习完项目要掌握和了解的知识目标；项目综述描述了项目任务在实际工作、生活中出现的情境；相关知识点介绍了项目所需的基本知识；实现方法及步骤对完成项目提供了指导；最后每章习题均安排了若干个实践案例，要求学生在学习完每章节后，自己思考独立完成。通过学习、使用本教材后，学生的计算机基本素质、实践能力和应用水平都会有一个很大的提高。

本书由多年从事计算机基础课程教学、具有丰富教学实践经验的教师集体编写，并得到了编者所在学院领导和兄弟系的指导与支持。本书出版前曾作为讲义在浙江长征职业技术学院会计系和贸易系试点讲授，根据使用学生、教师和专家的建议和意见进行修改和补充后形成本书。本书由杨柳、池敏主编，杨柳提出编写思路、拟定编写大纲并对全书进行了把关定稿，池敏对全书进行了统稿，参加编写的还有庄涛、吴少俊、梁建平、刘晓丹、朱静宜、沈萍和徐美虹。具体分工如下：第 1 章由池敏编写，第 2 章由梁建平、沈萍编写，第 3 章由庄涛、朱静宜编写，第 4 章由吴少俊、刘晓丹编写，第 5 章由徐美虹编写，第 6 章由庄涛编写。

本书可作为高等职业技术学院、专科学校、成人高校和中专学校的计算机文化基础教材，也可作为各类培训教材和浙江省计算机等级考试（办公软件高级应用技术）二级的培训用书，同时还可作为广大计算机爱好者的参考书。

　　由于信息技术发展较快，本书中案例全部由教师从生活和工作案例中抽取出来，涉及新内容较多，加之编者水平有限，书中难免有不妥之处，恳请广大读者批评指正。

杨柳

2009 年 1 月

目　录

第1章 Windows XP 系统应用

　　一个完美的个性化系统，不仅能使人赏心悦目，更可以用来加快文档或程序的开启速度，提高工作效率。不仅是桌面，Windows XP 的开始菜单、文件夹等都是可以自定义的。用注册表和组策略工具可以打造一个真正属于自己的个性化操作系统。本章将通过两个项目案例来介绍如何设置一个与众不同的个性化系统。

　　项目一　开机启动文件的设置与删除　介绍设置和删除开机启动文件的方法。

　　项目二　Windows XP 个性化设置　介绍开始菜单、任务栏、桌面和 IE 浏览器的个性化设置方法。

项目一　开机启动文件的设置与删除

项目目标

1. 掌握在启动程序中设置快捷方式的方法。
2. 了解注册表的重要性，掌握注册表修改的基本方法。

项目综述

快下班了，小王去找李主任，看到李主任正在电脑上奋笔疾书，原来在写今天的总结和明天的工作安排。看着小王不解的眼神，他解释说："我事务比较多，所以每天下班前都要抽时间把今天的工作情况回顾一下，把明天要做的事作一个简要安排，保存在电脑中，并设置为开机启动的快捷方式。这样，第二天上班一开机就可以看到当天要办的事。有了这个好习惯，每天只要花几分钟做好此事，就可以使整个工作有条不紊地进行。"

"原来是这样！"小王终于知道了事务繁忙的李主任为什么工作起来总是井井有条的秘诀。

马上行动！不一会儿，小王就设置好了开机启动文件。但新的问题出现了，由于小王的电脑开机启动文件比较多，每次开机需要很长时间，实在是没有这个时间和耐心等啊！他决定删除一些不需要开机就启动的文件，当把开始菜单"启动"项下的文件删除之后，发现有些文件"启动"项下是没有的，但开机就会运行，如何把这些文件也从开机启动中删掉呢？

相关知识点

1. 域

域是 Word 中的一种特殊命令，它由花括号、域名（域代码）及选项开关构成。域代码类似于公式，域选项开关是特殊指令，在域中可触发特定的操作。

2. 注册表

注册表（Registry）是一个庞大的内部数据库，按树状分层来存储计算机软硬件的各种配置数据，包括外设、驱动程序、软件、用户记录等。它记录了用户安装在计算机上的软件和每个程序的相关信息。注册表是 Windows 的核心，通过修改注册表可以对系统进行限制和优化。

3. 修改注册表

先来认识注册表中的"键"。键与系统资源管理器中的文件夹相似，它可以包含附加的子键和一个或多个值。每一个键可包含任何数量的值项。注册表中的"键"有根键、主键、子键等。

根键：在注册表编辑器的左边窗格中，可以看到以 HKEY_Name 方式命名的串，它处在其树状结构的最顶层。主键：它包含一个或多个子键或值项，其命名是相对于子键而言的。子键：在一个主键下面出现的键。

修改注册表，就是修改注册表中的值。值包含在值项中。注册表中的值项是一对包括名称和值的有序值。值项与 Windows 资源管理器中的文件相似。每一个值项由名称、数据类型和数据 3 部分组成。名称除不能包含反斜杠外，可以由任意字符、数字、代表符和空格组成。名称特指在一个键中的值项。注册表中不同键的值项可以使用相同的名称，而同一键中的值项不能使用相同的名称。注册表中的值项可以保存各种不同的数据类型，如字符串、二进制等。值项所定义的内容就是该值项的值。每一个值的数据都有其数据类型，用于指示该值是字符串、二进制或双字值。

实现方法及步骤

怎样设置开机启动的快捷方式呢？

1．创建文本文档

打开 Word 程序创建一个文本文件，输入工作内容，并以"工作安排"为名保存在桌面上。（因每天都要写第二天的工作安排，故选择保存在桌面上比较方便。）见图 1-1。

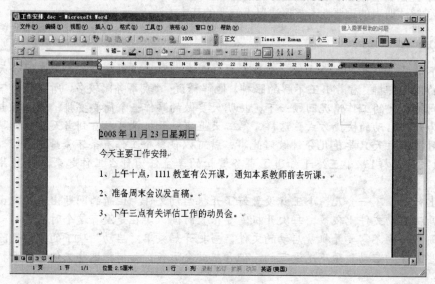

图 1-1　创建文本

2．插入日期域（）

为了使每天的日期能自动更新，我们在输入日期时就选择插入日期域（域的概念在下一章会有更详细的介绍，请参阅第 2 章）。

插入日期域的方法为在 Word 程序窗口中"插入"菜单下选择"域"命令，见图 1-2。

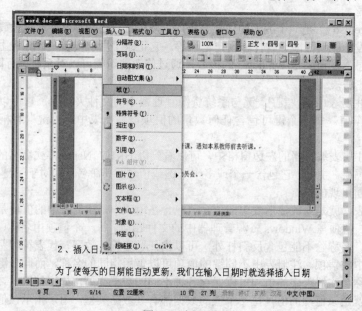

图 1-2　插入域

打开"域"对话框，在"请选择域类别"中选择"日期和时间"，域名选择 Date，选择"日期格式"，按【确定】按钮完成设置。见图1-3。

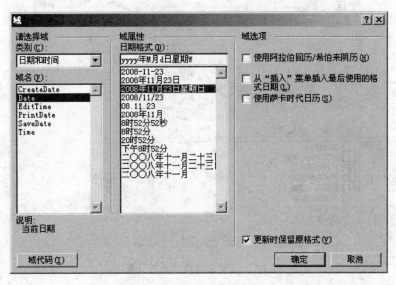

图1-3　选择域名和日期格式

这样一次设定好后，以后每天写工作安排时就不用再修改日期和星期了，每天打开电脑，显示在工作安排中的日期都会是当天的系统日期，一目了然，非常方便。

3．将"工作安排"文件添加到"启动"程序中

右击任务栏空白处，在弹出的快捷菜单中选择"属性"，打开"任务栏和「开始」菜单属性"对话框。见图1-4。

图1-4　任务栏和「开始」菜单属性对话框

注意在单选项中要选择"经典「开始」菜单"项，再单击旁边的【自定义】按钮，打开"自定义经典「开始」菜单"对话框。见图 1-5。

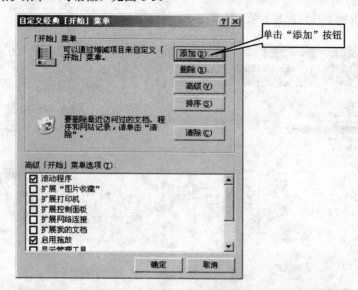

图 1-5 自定义经典「开始」菜单

单击【添加】按钮，打开"创建快捷方式"对话框，在"请键入项目的位置"中可直接输入。见图 1-6。

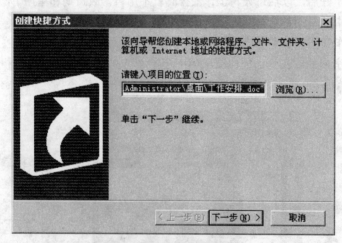

图 1-6 直接输入快捷方式位置

也可单击【浏览】按钮，打开"浏览文件夹"对话框，选择目标——工作安排。见图 1-7。

单击【确定】按钮后，再单击【下一步】选择存放该"工作安排"的文件夹为"启动"。见图 1-8。

单击【下一步】按钮确定快捷方式的名称为"工作安排"，单击【完成】按钮即可。见图 1-9。

这样就将"工作安排"放入了启动程序中，每天一打开电脑就可以从屏幕上看到已打开的工作安排。哈哈，是不是很爽？使计算机一开机就可以按预先设定，直接进入工作界面。

这些步骤有些复杂，还有没有更方便好学的方法呢？当然有啦，完成一件事往往会有几种方法，就看你喜欢用哪一种了。

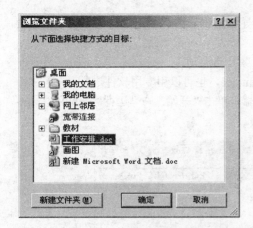

图1-7 通过浏览文件夹找到快捷方式位置   图1-8 确定存放的位置为启动

图1-9 确定快捷方式名称

下面，让我们用另一种方法来做一下。

右键按住"工作安排.doc"文件不放，拖到「开始」菜单→"所有程序"→"启动"程序中放开，在弹出的快捷菜单中选择"在当前位置创建快捷方式"即可，大家试一试，看效果是不是一样？简单快捷多了吧！

如果不想把"工作安排"放在启动程序中，只要找到「开始」菜单→"所有程序"→"启动"→工作安排，右击"工作安排"快捷方式，在弹出的菜单中选择"删除"即可，这样开机时就不再启动"工作安排"了。

4．通过修改注册表增删程序的自动启动

掌握了设置开机启动的快捷方式，你还可以做更多想要开机即办的事。

在我们享受开机启动文件给你带来的方便快捷时，你一定也发现有时我们并没有把某程序放入「开始」菜单→"所有程序"→"启动"组中，也就是说"启动"中是空的，但该程序在开机时自启动了。小王平时都是用 QQ 和朋友聊天的，他听说另有一种和 QQ 功能类似的通信工具——MSN，就试着安装用了一次。后来发现每次开机 MSN 都自启动运行了，也就是说上次安装 MSN 时该程序就自动写进注册表的注册键，而小王平时习惯用 QQ，几乎不用 MSN 了，为了节省内存空间，他每次都手动退出该程序，后来干脆就动手修改注册表，使得开机时不再加载 MSN。同时他也把天天要用的 QQ 加写进注册表的注册键，这样每次开机，QQ 就自动运行了。

注意：修改注册表是比较危险的，修改不当会导致系统崩溃甚至无法启动。所以一定要谨慎！

好，下面就具体来看看如何修改注册表将 MSN 禁止自启动。

修改注册表可以用 Windows 注册表修改器 regedit.exe，也可以用专用软件进行。

① 要查看或修改注册表，先要进入注册表编辑器，单击"开始"→"运行"→输入"regedit"→"确定"，弹出注册表编辑器窗口。见图 1-10。

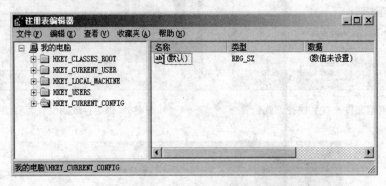

图 1-10　注册表编辑器

② 在修改注册表之前，应先保存现有的注册表，从注册表编辑器中，单击菜单上的"文件"→"导出"，选择保存的路径，最好是除 C 盘（系统盘）以外的盘，按提示操作，并退出注册表编辑器。万一改错要还原的话，还是执行上述步骤，将"导出"换成"导入"，找到之前保存的文件即可。

③ 修改注册表时，依次展开 HKEY_CURRENT_USER\Software\Microsoft\Windows\CurrentVersion\Run 可以单击每一个名称前的+号，也可以双击该名称以展开下一层，直到找到最后一个部分，找到 RUN 子键后，在右边的窗口中右击 Msnmsgr，在弹出的菜单中选择"删除"，这样下次开机时 MSN 就不再自启动。如图 1-11 所示。

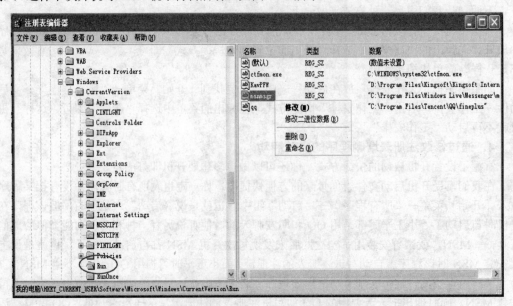

图 1-11　删除 RUN 子键下的 MSN

同理，如果要把 QQ 写进 RUN 中，先展开 HKEY_CURRENT_USER\Software\Microsoft\
Windows\CurrentVersion\Run，右击 RUN，选择"新建"下的"字符串值"，在名称项中写入"QQ"，
双击该项，在弹出的对话框中输入数值数据（这里即输入 QQ 所在的路径）。好了，大功告成，
下次一开机 QQ 就自启动了。如图 1-12 所示。

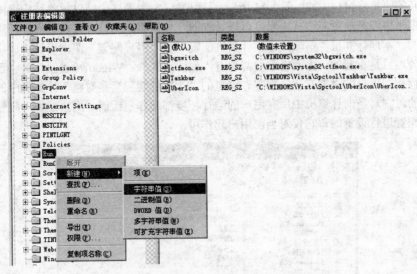

图 1-12　在 RUN 下添加自启动项

项目二　Windows XP 个性化设置

项目目标

了解什么是组策略，掌握开始菜单、任务栏、桌面和 IE 浏览器个性化设置方法。

项目综述

小王这两天总在电脑前不停地打字，他在忙什么呢？正好他不在，我去看看，打开电脑，双击"我的文档"，咦？！怎么没有文件？！

原来，平时我们一般写的文档都默认保存在"我的文档"中，为了保护隐私和自己的工作成果，不让别人轻易看到自己的文档，小王为自己的 XP 系统做了个性化的设置……

相关知识点

1．策略（Policy）
Windows 中的一种自动配置桌面设置的机制。

2．组策略（Group Policy）
基于组的策略。它以 Windows 中的一个 MMC 管理单元的形式存在，可以帮助系统管理员针对整个计算机或是特定用户来设置多种配置，包括桌面配置和安全配置。譬如，可以为特定用户或用户组定制可用的程序、桌面上的内容，以及"开始"菜单选项等，也可以在整个计算机范围内创建特殊的桌面配置。简而言之，组策略是 Windows 中的一套系统更改和配置管理工具的集合。

3. 组策略编辑器的命令行启动

只须单击选择"开始"→"运行"命令，在"运行"对话框的"打开"栏中输入"gpedit.msc"，然后单击【确定】按钮即可启动 Windows XP 组策略编辑器。（注："组策略"程序位于"C:\WINNT\SYSTEM32"文件夹中，文件名为"gpedit.msc"。）

在打开的组策略窗口中，如图 1-13 所示，可以发现左侧窗格中是以树状结构给出的控制对象，右侧窗格中则是针对左边某一配置可以设置的具体策略。另外，大家或许已经注意到，左侧窗格中的"本地计算机"策略是由"计算机配置"和"用户配置"两大子键构成，并且这两者中的部分项目是重复的，如两者下面都含有"软件设置"、"Windows 设置"等。那么在不同子键下进行相同项目的设置有何区别呢？这里的"计算机配置"是对整个计算机中的系统配置进行设置的，它对当前计算机中所有用户的运行环境都起作用；而"用户配置"则是对当前用户的系统配置进行设置的，它仅对当前用户起作用。

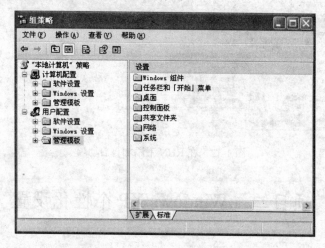

图 1-13　组策略

实现方法及步骤

1. 保护"我的文档"

（1）改变文件夹的默认位置

① 右键单击"我的文档"，然后单击"属性"。

② 单击"目标文件夹"选项卡。

③ 在目标文件夹框中，键入所需的文件夹位置的路径，然后单击【确定】按钮。例如 D:\MYFILE，如图 1-14 所示。

（2）删除"桌面"和"开始"菜单中的"我的文档"

① 在"'本地计算机'策略"中，逐级展开"用户配置"→"管理模板"→"桌面"分支。

② 在策略列表窗格中用鼠标双击"删除桌面上的'我的文档'图标"。

③ 在弹出窗口的"设置"选项卡中，选择【已启用】单选按钮，然后单击【确定】按钮即可，如图 1-15 所示。注销重新登录后，桌面上"我的文档"图标就不见了。

④ 删除"开始"菜单中的"我的文档"在"'本地计算机'策略"下的"用户配置"→"管理模板""任务栏和「开始」菜单"分支中操作，方法同上。

（3）保护好你的个人隐私

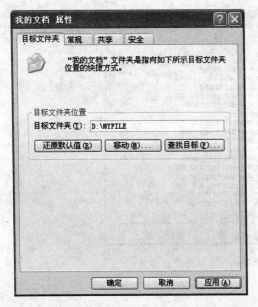
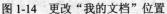

图 1-14　更改"我的文档"位置

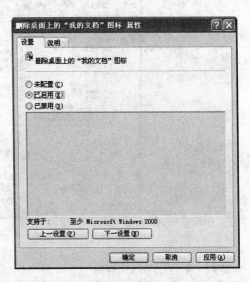

图 1-15　删除桌面上"我的文档"图标

　　不想让人知道自己打开过哪些文件，您只要在右侧窗格中将"退出时清除最近打开的文档的记录"策略启用即可。如图 1-16 所示。重启后，"开始"→"文档"下一个文件都没有了。

2．个性化设置

（1）"开始"菜单个性化设置

　　在"'本地计算机'策略"中，逐级展开"用户配置"→"管理模板"→"任务栏和「开始」菜单"分支，在右侧窗格中，提供了"任务栏"和"开始菜单"的有关策略。如图 1-17 所示。

　　如果觉得 Windows XP 的"开始"菜单太臃肿的话，可以将不需要的菜单项从"开始"菜单中删除。在右侧窗格中，提供了删除"开始"菜单中的公用程序组、"我的文档"图标、"文档"菜单、"网络连接"、"收藏夹"菜单等策略。只要将不需要的菜单项所对应的策略启用即可。

（2）阻止在任务栏上对项目分组

　　任务栏分组在任务栏上没有空间时会合并相似的应用程序。当用户的任务栏空间被占满

图 1-16　退出时清除文档记录

时，此设置就发挥作用。如果启用此设置，它将阻止任务栏对共用同一程序名称的项目进行分组。您只要在右侧窗格中将"阻止在任务栏上对项目分组"策略启用即可。

（3）隐藏通知区域

　　通知区域位于任务栏的最右端，并包括当前通知和系统时钟的图标。如果启用此设置，用户的整个通知区域，包括通知图标，都会被隐藏。任务栏只显示"开始"按钮、任务栏按钮、自定义工具栏（如果有的话）和系统时钟。只要在右侧窗格中将"隐藏通知区域"策略启用即可。

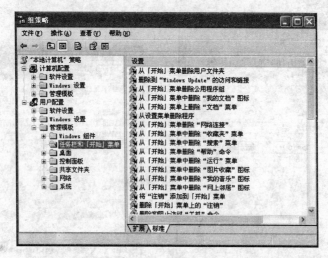

图 1-17 "任务栏"和"开始"菜单个性化设置

（4）"桌面"个性化设置

在"'本地计算机'策略"中，逐级展开"用户配置"→"管理模板"→"桌面"分支，在右侧窗格中，提供了"桌面"的有关策略。如图 1-18 所示。

图 1-18 桌面个性化设置

我们可以将不需要的系统图标从桌面删除。在右侧窗格中，提供了删除桌面上的"我的文档"图标、删除桌面上的"我的电脑"图标、从桌面删除"回收站"图标等策略，只要将不需要的菜单项所对应的策略启用即可。

（5）IE 浏览器的个性化设置

在"'本地计算机'策略"中，逐级展开"用户配置"→"管理模板"→"Windows 组件"→"Internet Explorer"，在右侧窗格中，提供了 IE 的有关策略。如图 1-19 所示。

① 禁止修改 IE 浏览器的主页。主页是用户启动浏览器时最先出现的页。如果不希望他人对自己设定的 IE 浏览器主页进行随意更改的话，可以启用该策略，启用后"Internet 选项"对

话框中"常规"选项卡上"主页"区域的设置将变灰。您只要在右侧窗格中将"禁用更改主页设置"策略启用即可。

图 1-19 IE 个性化设置

② IE 工具栏瘦身。此策略指定哪些按钮将显示在 Microsoft Internet Explorer 的标准工具栏中。具体方法是：选择"用户设置"→"管理模板"→"Windows 组件"→"Internet Explorer"→"工具栏"分支，然后在右侧窗格中双击"配置工具栏按钮"策略，弹出"配置工具栏按钮属性"窗口，在"设置"选项卡中选择【已启用】单选按钮，将列表中将要显示按钮名称前面的复选框上勾选标记，若要隐藏某些按钮，则不要将其前面的复选框进行勾选，最后单击【确定】按钮即可。如图 1-20 所示。

图 1-20 配置工具栏按钮

习 题 1

1. 用记事本创建一个工作计划的文档，将其放入开机启动程序中，试比较用 Word 文档启动的差异。注意文字的修饰、插入日期、内存的占用、外观界面等。

2. 要禁止在桌面上单击鼠标右键后弹出菜单，该如何修改注册表？请查阅有关资料，试写出具体修改值。

3. 电脑运行速度太慢，应如何修改注册表，试写出一些方法。

4. 利用组策略从「开始」菜单中删除"我的文档"图标和子菜单项。

5. 利用组策略锁定任务栏。

6. 利用组策略隐藏桌面上"网上邻居"图标。

7. 利用组策略禁止 Microsoft Internet Explorer 自动完成表单，不允许网页登录时记住输入的用户姓名和密码。

第 2 章　Word 2003 文字处理

Word 2003 是 Microsoft Office 2003 办公软件套装中的一个字处理软件。Word 2003 除了具有普通的文档编辑、图文混排和表格混排等功能外，还具有很多高级功能。本章将通过五个项目案例介绍 Word 2003 的一些高级应用功能。

项目一　**组织结构图**　重点介绍组织结构图的创建方法，并简要介绍循环图、棱锥图、维恩图等图示的使用方法。

项目二　**绘制自选图形**　介绍通过自选图形绘制流程图和一些组合图形的方法。

项目三　**批量文件的制作**　介绍通过域和邮件合并功能制作批量文件的方法。

项目四　**毕业论文模板制作**　介绍在撰写和编辑毕业论文之类的大型文档时需要使用到的一些操作方法和技巧。

项目五　**宏在 Word 中的应用**　介绍宏的概念和在 Word 2003 中使用宏的方法。

项目一 组织结构图

项目目标

了解组织结构图和图示库中其他图示的作用及其应用场合，并熟练掌握它们的使用方法。

项目综述

大华盛兴房地产开发有限公司最近招聘了一批新员工，人力资源部刘经理今天叫来助理小王给他布置了一个任务："小王，你去准备一下，后天给这批新员工进行一次上岗培训，主要内容是了解我们公司的机构组成情况和公司文化。"接到任务后，小王就开始赶紧准备培训内容了。同事小张看小王对着电脑老叹气，就问："小王，怎么了，干嘛老叹气啊？"小王说："哎，我想画一张介绍我们公司部门组成情况的图，我在 Word 里用直线和文本框画，可是老画不好，稍微一调整就乱了。真是烦死了！"小张笑着说："你干嘛不用组织结构图啊？又方便又简单，而且样子还好看。""组织结构图？那你赶紧教教我怎么做。"小王捧着笑脸赶紧央求道。小张得意地说："好吧，那我就教教你，再教你 Word 中其他图示的使用方法。买一送一，哈哈！"

相关知识点

组织结构图是通过规范化结构图展示公司或者组织的内部组成及职权、功能关系。

组织结构图中包含三种不同级别的形状，分别是"下属"、"同事"和"助手"，以此可用来在组织结构图中添加下级机构、同级机构和助手级机构。组织结构图适用于表示任何具有树形层次关系的对象。

在 Microsoft Word 2003 的图示库中，除了组织结构图还有另外五种图示，分别是循环图、射线图、棱锥图、维恩图和目标图，如图 2-1 所示。循环图用于显示持续循环的过程；射线图用于显示核心元素的关系；棱锥图用于显示基于基础的关系；维恩图用于显示元素间的重叠关系；目标图用于表示实现目标的步骤。

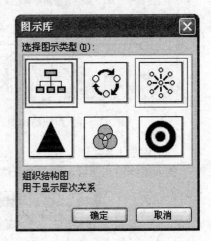

图 2-1 图示库

实现方法及步骤

下面我们就来看看如何在 Word 2003 中使用组织结构图和图示库中的其他图示。

首先介绍组织结构图的创建方法，图 2-2 就是大华盛兴房地产开发有限公司的中层以上部门的组织结构图；然后以循环图为例介绍一下其他图示的使用方法。

1. 使用组织结构图描述大华盛兴房地产开发有限公司各部门组成情况

（1）插入组织结构图

插入组织结构图有三种方法：

① 执行"插入"→"图片"→"组织结构图"命令；

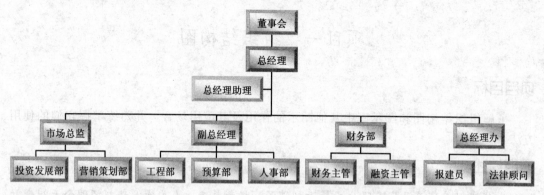

图 2-2 大华盛兴房地产开发有限公司中层以上部门组织结构图

② 执行"插入"→"图示..."命令，打开如图 2-1 所示的图示库对话框，选择第一个图示"组织结构图"，单击【确定】按钮；

③ 在绘图工具栏中单击【插入组织结构图或其他图示】按钮 🔘，打开如图 2-1 所示的图示库对话框，选择第一个图示"组织结构图"，单击【确定】按钮。

执行上述三种方法中任何一种后，就可以插入如图 2-3 所示组织结构图。

（2）删除形状

删除形状的方法是：先用鼠标单击选中要删除的形状，然后在键盘上单击 Delete 键，或者单击鼠标右键，在快捷菜单中选择"删除"，即可删除选中的形状。

在图 2-3 中选择下层中的两个形状，然后删除。单击形状可添加文字，如图 2-4 所示。

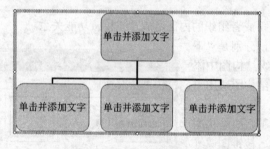

图 2-3 插入组织结构图

图 2-4 删除形状

（3）添加下属

插入组织结构图后，选中组织结构图会出现如图 2-5 所示的"组织结构图"工具栏。

图 2-5 "组织结构图"工具栏

选择要添加下属的形状"总经理"，然后单击"组织结构图"工具栏上【插入形状】按钮右侧的倒三角小按钮，在弹出的菜单中选择"下属"，如图 2-6 所示。单击插入的形状，输入"市场总监"，如图 2-7 所示。

（4）添加同事

通过添加下属的方法可以为"总经理"继续添加"副总经理"、"财务部"和"总经理办"等下属机构，并为"市场总监"、"副总经理"、"财务部"和"总经理办"添加其各自的下属机构，如图 2-2 所示。

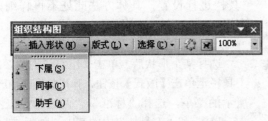

图 2-6 插入形状 图 2-7 添加下属

当然，我们也可以添加同事的方式来添加同级别的机构。单击选择"市场总监"，然后打开如图 2-6 所示菜单，选择"同事"，如此执行三次，添加出三个形状，依次输入文字"副总经理"、"财务部"和"总经理办"，得到如图 2-8 所示的组织结构图。

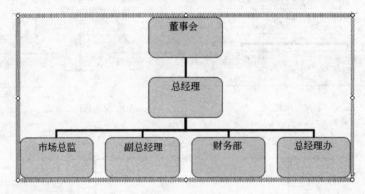

图 2-8 添加同事

（5）添加助手

添加助手形状的方法与添加下属类似，只要在如图 2-6 所示菜单中选择"助手"即可。为"总经理"添加助手后的组织结构图如图 2-9 所示。

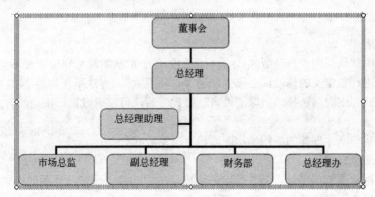

图 2-9 添加助手

通过添加下属或同事的方法就可以完成所有形状的添加。

（6）设置文字样式

随着组织结构图中形状的增加，形状的尺寸和其中的文字都会自动缩小。若要单独设置某个形状中的文字样式，则单击选中该形状；若要将整个组织结构图中的文字设置为同一样式，则选择整个组织结构图。然后，使用"格式"→"字体"命令打开"字体"对话框进行字体、字形、字号等各种样式设置，或使用"格式"工具栏进行设置，具体方法此处不再详细介绍。

（7）版式设置

选择某个形状后，单击"组织结构图"工具栏上单击【版式】按钮，弹出如图 2-10 所示的菜单，选择"标准"、"两边悬挂"、"左悬挂"和"右悬挂"中的其中一种版式。各种版式效果如图 2-11 所示。下面全部采用"标准"版式。

图 2-10　版式设置

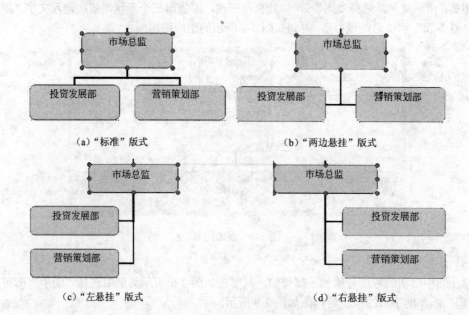

　　（a）"标准"版式　　　　　　　　　（b）"两边悬挂"版式

　　（c）"左悬挂"版式　　　　　　　　（d）"右悬挂"版式

图 2-11　四种不同版式效果

（8）自动版式

组织结构图默认采用"自动版式"，此时添加的各个形状的尺寸和位置都不能够进行修改。如果要对形状进行自定义的修改，必须先取消"自动版式"，方法是在如图 2-10 所示的菜单中单击"自动版式"则取消选择。当取消"自动版式"后，可以通过鼠标拖动的方式随意修改形状的位置。

现在，为我们刚才创建的组织结构图取消"自动版式"。

（9）设置形状样式

双击某个形状或单击鼠标右键在弹出的快捷菜单中选择"设置自选图形格式…"命令，将会弹出"设置自选图形格式"对话框，如图 2-12 所示。

通过"大小"选项卡可以精确设置形状的尺寸，通过"文本框"选项卡可以设置内部边距和是否自动换行。

如果是粗略地调整形状的尺寸，选中形状后鼠标移动到八个圆形控点上按下鼠标左键进行拖动。左键按住黄色菱形控点进行拖动还可以调整形状的外观，如图 2-13 所示。

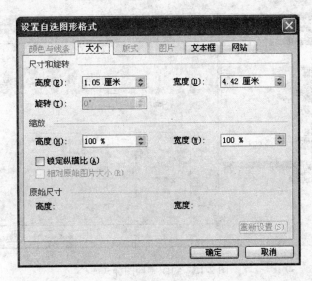

图2-12 "设置自选图形格式"对话框

现在,将组织结构图中的各个形状调整到合适的尺寸。

(10)选择操作

选择操作包括:级别选择、分支选择、所有助手选择和所有连接线选择。单击"组织结构图"工具栏上的【选择】按钮可以打开如图2-14所示的菜单。

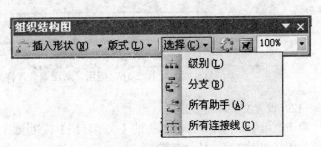

图2-13 修改形状样式   图2-14 "选择"菜单

级别选择:选择同级的所有形状。如先选择"市场总监"形状,再单击选择菜单中的"级别",则可同时再选中"副总经理"、"财务部"和"总经理办"三个形状。

分支选择:选择当前形状的所有下级形状。

所有助手选择:选中当前组织结构图中的所有助手形状。

所有连接线:选中当前组织结构图中的所有连接线。在某条连接线上单击则仅选中一条连接线。

(11)自动套用格式

现在,我们来让创建出的组织结构图变得漂亮一点。单击"组织结构图"工具栏上的【自动套用格式】按钮 ,打开如图2-15所示的"组织结构图样式库",其中提供了多种图示样式,选择一种后单击【确定】即可应用到当前组织结构图上。我们选择"斜面渐变",单击【确定】后,此前创建的组织结构图就变成如图2-16所示的样式。

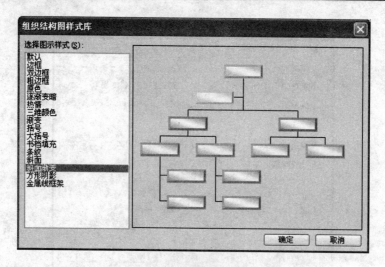

图 2-15　组织结构图样式库

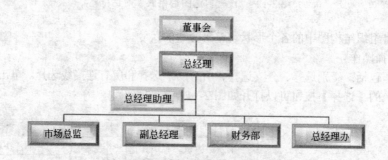

图 2-16　应用"斜面渐变"样式

（12）设置文字环绕效果

单击"组织结构图"工具栏上的【文字环绕】按钮图打开如图 2-17 所示菜单，可设置组织结构图与周围文字的环绕方式。

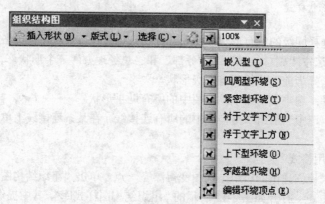

图 2-17　文字环绕效果设置

2．循环图

循环图是用于表示某种持续循环关系的图示。如图 2-18 所示的水的循环过程，水蒸发后变成水蒸气，水蒸气上升凝结形成云，云中的水分通过降雨或降雪等方式回到地面再变成水。

下面介绍一下如何创建循环图。

（1）插入循环图

插入循环图的方法与插入组织结构图类似，先选择"插入"→"图示..."命令或在绘图工具栏中单击【插入组织结构图或其他图示】按钮，打开如图 2-1 所示的图示库对话框，选择第二个图示"循环图"，单击【确定】按钮，插入如图 2-19 所示的循环图，同时显示"图示"工具栏，如图 2-20 所示。

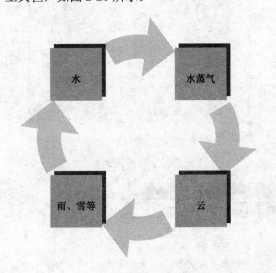

图 2-18　水的循环过程　　　　　　　　　　图 2-19　插入循环图

图 2-20　"图示"工具栏

（2）插入形状

每单击一次"图示"工具栏上的【插入形状】按钮，可在原循环图中添加一个形状。在"单击并添加文字"处单击鼠标，并输入文字，如图 2-21 所示。

（3）移动形状

选中某个形状后单击"图示"工具栏上的【后移图形】按钮或【前移图形】按钮，可以逆时针方向或顺时针方向移动形状。如选择"水"，单击【前移图形】按钮一次，则原循环图变成如图 2-22 所示。

单击【反转图示】按钮可以改变图示的方向，如图 2-23 所示。再单击一次，则返回原来的样子。

（4）版式设置

单击"图示"工具栏上的【版式】按钮打开如图

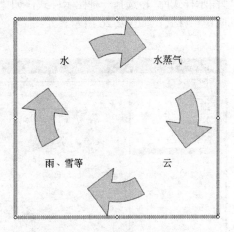

图 2-21　插入形状、添加文字

2-24 所示的版式设置菜单，通过这个菜单可以"调整图示以适应内容"、"扩大图示"和"调整图示大小"。插入循环图后默认采用的是"自动版式"，如要对循环图中的文本框和箭头形状单独调整大小等的样式，则需要先单击"自动版式"命令以取消自动版式，再进行调整。调整的方法与调整组织结构图中的形状相似，此处不再详细介绍。

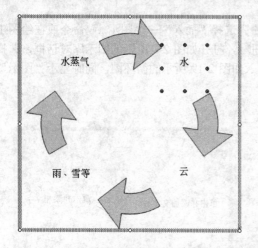

图 2-22　移动形状

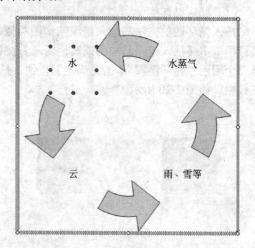

图 2-23　反转图示

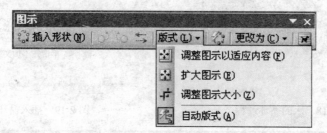

图 2-24　版式设置菜单

（5）自动套用格式

为了使创建出的循环图更加美观，可以单击【自动套用格式】按钮 ✿ 打开如图 2-25 所示"图示样式库"，选择一种图示样式，如"方形阴影"，单击【确定】，则为循环图套用上"方形阴影"样式，如图 2-26 所示。

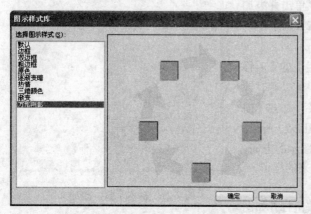

图 2-25　图示样式库

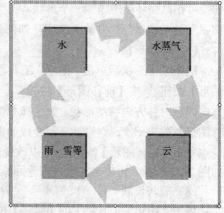

图 2-26　套用"方形阴影"样式

3. 棱锥图和维恩图

棱锥图用于显示基于基础的关系，如图 2-27 所示。

维恩图用于显示元素间的重叠关系，如图 2-28 所示。

图 2-27　棱锥图

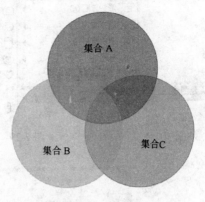

图 2-28　维恩图

棱锥图、维恩图等其他图示的制作方法与循环图基本类似，这里不再详细介绍。

项目二　绘制自选图形

项目目标

掌握如何在 Word 2003 中绘制自选图形，并将简单的图形组合成复杂的图形以满足学习和工作的需要。

项目综述

大华盛兴房地产开发有限公司为了提高本公司的现代化办公水平、提高业务处理效率和完善各项管理制度，决定由公司信息部开发一套适用于本公司业务的办公自动化系统（简称 OA 系统）。董事长要求各部门主管指定本部门的一名业务精英，协助信息部完成这个OA 系统的开发。财务部主管叶经理接到通知后，马上指定财务部的小李去完成这项工作。小李的主要工作就是向信息部的 OA 系统开发人员介绍财务部各项业务的办理流程，并负责监督和测试开发出的 OA 系统中财务类有关业务的处理情况。

财务部的业务种类很多，各种业务又有复杂的处理流程。为了让信息部的开发人员看起来感觉简洁明了，小李想到了在 Word 中通过自选图形制作出业务流程图的好方法。

相关知识点

在 Word 2003 中，自选图形分为以下几类："线条"、"连接符"、"基本形状"、"箭头总汇"、"流程图"、"星与旗帜"、"标注"和"其他自选图形"。

单击"绘图"工具栏上的【自选图形】按钮打开"自选图形"菜单，然后鼠标移动到某一类图形上时将显示该类型的所有图形，如图 2-29 所示。

单击选择某一种形状后，在编辑区中按住鼠标左键拖动至所需大小，然后松开鼠标就可以绘制出相应的自选图形，如图 2-30 所示。

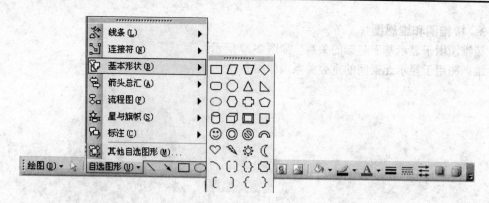

图 2-29 "自选图形"菜单

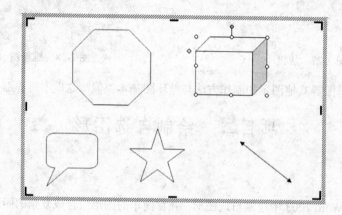

图 2-30 绘制自选图形

当需要多次使用某一个自选图形菜单中的图形时，我们可以把这个菜单拖出来放到编辑区中作为一个悬浮的工具栏以方便使用。具体方法是：移动鼠标到菜单顶部，当鼠标指针变成十字形双向箭头时，按住鼠标左键将菜单拖至编辑区后松开，如图 2-31 所示；当不再需要时，单击关闭按钮可关闭该工具栏。

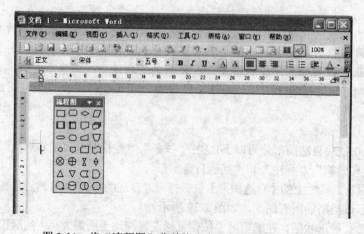

图 2-31 将"流程图"菜单拖出变成"流程图"工具栏

实现方法及步骤

小李制作出的财务类合同审批流程图如图 2-32 所示,下面让我们来看看如何制作这个流程图,以及用自选图形创建其他一些特殊图形的方法。

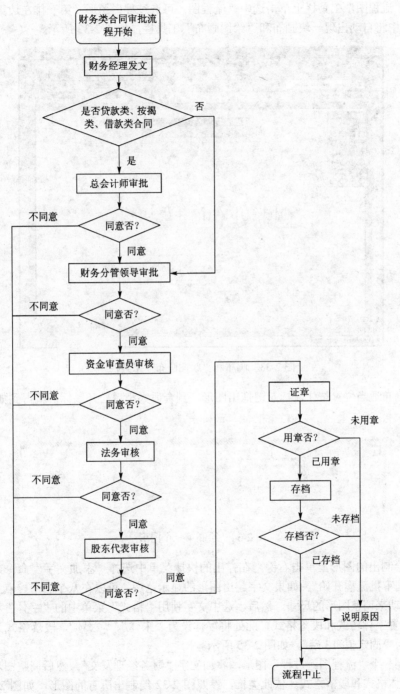

图 2-32 大华盛兴房地产开发有限公司财务类合同审批流程图

1．创建大华盛兴房地产开发有限公司财务类合同审批流程图

（1）绘制自选图形

① 创建流程图主要使用"流程图"类中的图形，所以先拖出"流程图"工具栏以便使用，如图 2-31 所示。

② 在"流程图"工具栏上单击选中"流程图：可选过程"图形（第一排左边第二个），此时在编辑区中将自动出现一块画布和"绘图画布"工具栏，如图 2-33 所示。

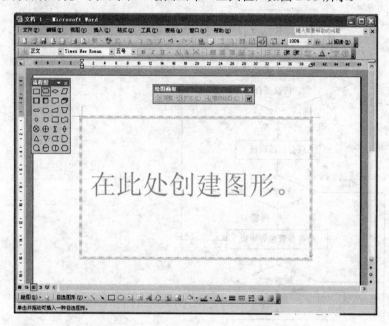

图 2-33　画布和"绘图画布"工具栏

③ 在画布适当位置按住鼠标左键拖出图形，到合适大小后松开鼠标，就得到如图 2-34 所示图形。

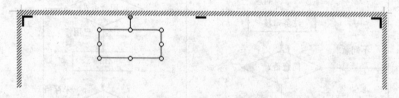

图 2-34　绘制第一个图形

④ 在绘制出的图形上单击右键，在弹出的快捷菜单中选择"添加文字"命令，然后输入"财务类合同审批流程开始"。如果文字超出图形的显示范围，可以在八个圆形控点上按住鼠标左键进行拖动来调整图形的尺寸。然后，选中文字使用"格式"菜单中的"字体"和"段落"命令可以设置字体格式和段落格式，此处将字体设为"宋体"、"六号"，段落格式为"居中对齐"，行距为"固定值 10 磅"。如图 2-35 所示。

⑤ 绘制一个"流程图：过程"图形，添加文字"财务经理发文"，然后调整图形大小并设置相应的字体格式和段落格式。依此类推，参照图 2-32 绘制出所有的图形，如图 2-36 所示。当画布不够大时，鼠标左键按住画布的控制点（如图 2-35 所示的黑粗短线段或直角线）进行拖动可以增大画布。

图 2-35　为图形添加文字

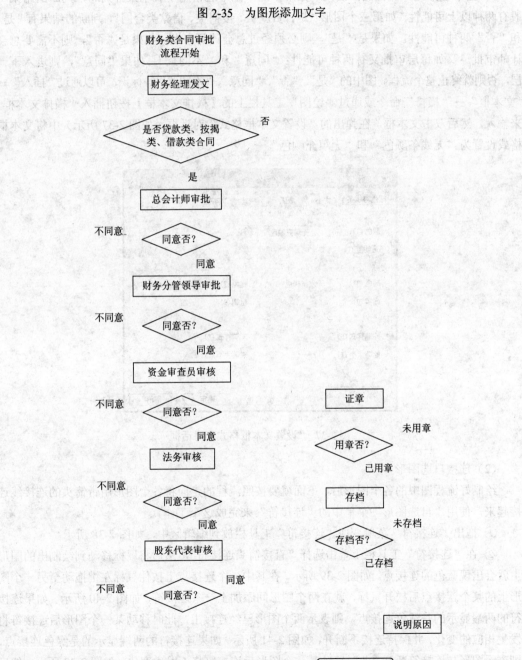

图 2-36　绘制所有图形

在本项目中，由于多次使用到了"同意否"图形，为了提高绘制速度并且保持图形的外观一致，可以通过复制图形来添加。具体的方法是：选中图形后执行"复制"操作，然后"粘贴"到画布中的其他位置；或者按住 Ctrl 键，直接用鼠标按住需要复制的图形拖动至适当位置后松开鼠标。

⑥ 图中菱形是"流程图：决策"图形，这个图形通常用于表示某种判断，判断的结果一般有两种以上可能性。如第三个图形"是否贷款类、按揭类、借款类合同"，判断的结果有"是"和"否"两种可能性。如果是"是"，则必须经过总会计师审批；如果是"否"，则不需要总会计师审批。又如每层审批又有两种可能性："同意"和"不同意"。如果"同意"，则进入下一层，否则就终止整个流程。图中的"是"、"否"、"同意"、"不同意"等标识，可以通过"插入"→"文本框"→"横排"命令或通过"绘图"工具栏上的【横排文本框】按钮插入"横排文本框"来输入，然后双击文本框，在弹出的"设置文本框格式"对话框（如图 2-37 所示）中将文本框格式设置为"无线条颜色"和"无填充颜色"。

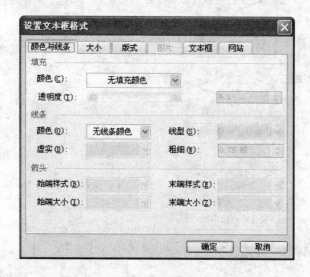

图 2-37 "设置文本框格式"对话框

（2）连接自选图形

绘制好流程图中的各个图形后，下面就要按照流程的走向将各个图形用带箭头的连接线连接起来，使用"自选图形"菜单中的"连接符"来完成这个工作。

① 拖出"连接符"菜单变成"连接符"工具栏放到编辑区中，如图 2-38 所示。

② 在"连接符"工具栏上单击选择"直接箭头连接符"，然后将鼠标移动到绘制出的图形上就会出现蓝色的连接点，如图 2-39 所示。在其中一个连接点上按住鼠标左键拖动至另一个图形上的某个连接点后松开鼠标，就在两个图形间添加上一条连接符，如图 2-40 所示。如果连接符的两端显示的是红色连接点，则表示两个图形已经连接上，此时移动某一个图形后连接符将发生相应的变化，并保持连接不断开，如图 2-41 所示。如果连接符的两端显示的是绿色连接点，则表示图形与连接符断开，此时移动某一个图形后连接符将不发生变化，如图 2-42 所示。然后参考图 2-32 添加所有的"直接箭头连接符"，如图 2-43 所示。

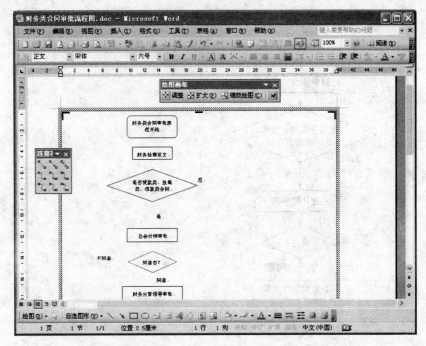

图 2-38　拖出"连接符"工具栏

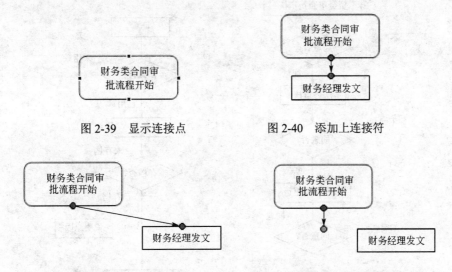

图 2-39　显示连接点　　　　　图 2-40　添加上连接符

图 2-41　连接符未断开　　　　　图 2-42　连接符断开

　　③ 在"连接符"工具栏上单击选择"肘形箭头连接符",参照图 2-32 添加所有需要拐弯的连接符,添加完后的流程图就如图 2-32 所示。在选中"肘形箭头连接符"时会显示出黄色的菱形控制点,用鼠标左键按住后进行拖动可调节连接符的样式,如图 2-44 所示。

　　（3）修改图形样式

　　如果你还想修改流程图中图形和连接符的样式,可双击某个图形或连接符打开"设置自选图形格式"对话框（如图 2-45 所示）来进行设置。

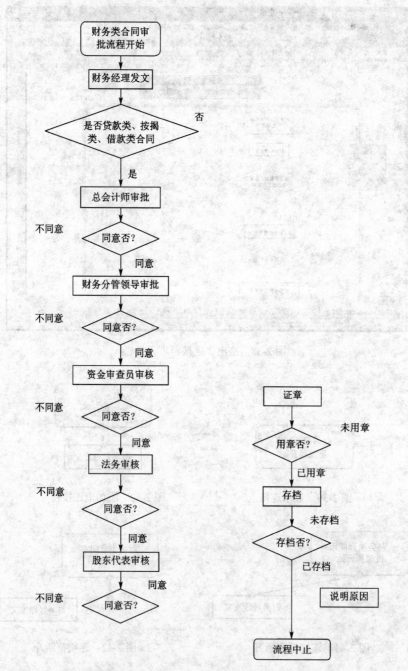

图 2-43　添加上"直接箭头连接符"

如果想让绘制出的流程图更加美观，我们可以通过绘图工具栏对每个图形设置填充色或填充效果，也可以添加阴影和三维效果等。具体的方法本项目不再详细介绍。

2. 使用自选图形创建特殊图形

下面将简要介绍通过自选图形创建出一些特殊图形，比如在某班级出版的刊物上添加刊首语，如图 2-46 所示。

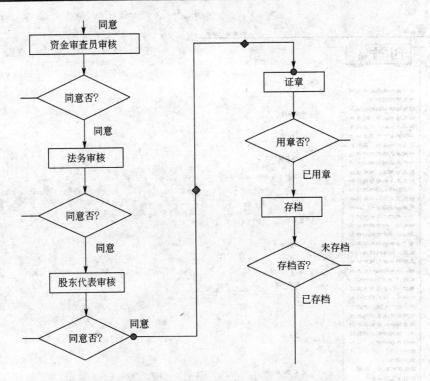

图 2-44　控制"肘形箭头连接符"的样式

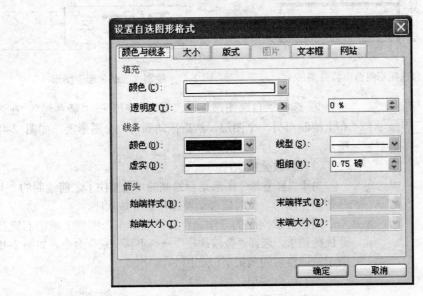

图 2-45　"设置自选图形格式"对话框

（1）绘制基本图形

① 选择"自选图形"→"星与旗帜"→"上凸带形"，在画布上绘制出一个适当大小的图形。然后添加文字"刊首语"，设置相应的字体格式和段落格式以达到满意的效果，如图 2-47 所示。

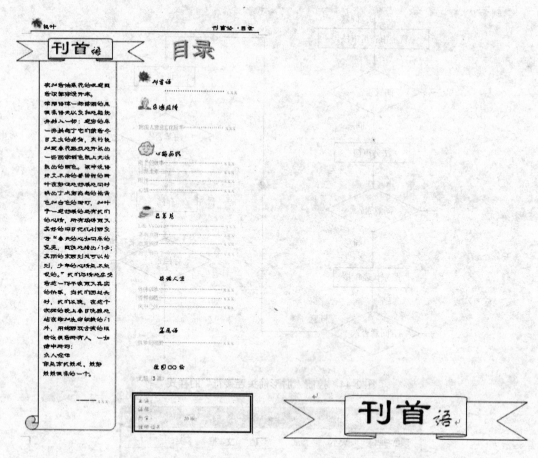

图 2-46　使用自选图形组合出特殊图形　　　　图 2-47　绘制"上凸带形"图形

图 2-48　绘制"竖卷形"图形

② 选择"自选图形"→"星与旗帜"→"竖卷形"，在画布上绘制出另一个图形。然后拖动到前一个图形上，如图 2-48 所示。

（2）修改叠放次序

由于"竖卷形"图形是后绘制的，覆盖住了之前绘制的"上凸带形"图形，此时需要调整图形的叠放次序。

调整叠放次序的方法是：在"竖卷形"图形上单击右键打开快捷菜单，选择"叠放次序"→"下移一层"命令，如图 2-49 所示。调整后的效果类似如图 2-46 所示。

（3）组合图形

将多个图形组合起来后，就可以作为一个整体进行"复制"、"移动"和"调整大小"等多种操作。组合图形的方法如下。

① 按住"Shift"键，鼠标逐个单击要进行组合的图形，这样就同时选中了多个图形。

② 单击右键打开快捷菜单，选择"组合"→"组合"命令，如图 2-50 所示。

如果想取消组合，选中已经组合的图形后单击右键打开快捷菜单，选择"组合"→"取消组合"命令。

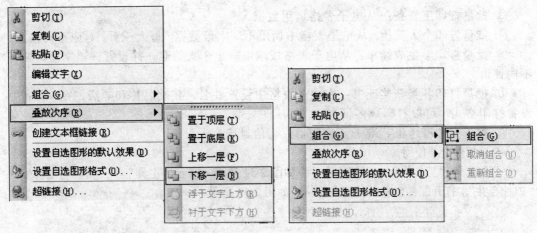

图 2-49 调整叠放次序   图 2-50 组合图形

项目三 批量文件的制作

项目目标

1. 掌握域的概念及使用方法。
2. 掌握邮件合并的使用。

项目综述

马上就要进行秋季计算机等级考试了，教务处的小王今天比较犯愁，他要制作参加考试的 4000 多名学生的准考证。苦啊！这么多人，一个一个输入，想想都痛苦，怎么办呢？灵光一闪，对了，何不请教一下前辈是如何做的？！说做就做，一通电话打过去，小王紧缩的眉头立刻舒展开了。

原来，前辈告诉他：每份准考证的格式都是一致的，只是里面的数据不一样，如果使用手工编辑打印，虽然只需修改个别数据，但是几千个学生就要编辑几千份，这可不是一份轻松的工作。但如果使用 Word 制作批量文件的技巧，使用 Word 中邮件合并和域，则可以很快地完成这项工作。

相关知识点

1. 邮件合并

邮件合并是将 Word 文档与数据库集成应用的一个示例。它可以在 Word 文档中插入数据库的字段，将一份文档变成数百份类似的文档。合并后的文档可以直接从打印机打印出来，也可以使用电子邮件寄出。

（1）主要应用领域

① 批量打印信封：按统一的格式，将电子表格中的邮编、收件人地址和收件人打印出来。

② 批量打印信件、请柬：主要是从电子表格中调用收件人，换一下称呼，内容基本固定不变。

③ 批量打印工资条：从电子表格调用数据。

④ 批量打印个人简历：从电子表格中调用不同字段数据，每人一页，对应不同信息。

⑤ 批量打印学生成绩单：从电子表格成绩中取出个人信息，并设置评语字段，编写不同评语。

⑥ 批量打印各类获奖证书：在电子表格中设置姓名、获奖名称和等级，在 Word 中设置打印格式，可以打印众多证书。

⑦ 批量打印准考证、准考证、明信片、信封等个人报表。

（2）邮件合并使用

"视图" → "工具栏" → "邮件合并"如图 2-51 所示，或者"工具" → "信函与邮件" → "邮件合并"，打开邮件合并向导任务窗格，如图 2-52 所示。

图 2-51　邮件合并工具栏

2. 域

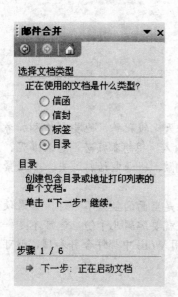

图 2-52　邮件合并向导任务窗格

域是引导 Word 在文档中自动插入文字、图形、页码或其他信息的一组特殊代码。它相当于一个触发器，可触发一些特定的操作，即根据设定的条件而产生相应的结果。例如，DATE 域可用于插入当前日期。

Word 的域与 Excel 里的函数类似，正确地使用域，可以在 Word 里实现很多复杂的自动录入，大大减轻日常工作量，并降低错误几率。

Word 里的域是由域标记、域名、域开关和其他相关的元素组成，如图 2-53 所示。如图 2-54 所示的域代码是指在文档中插入当前日期"2008-11-25"。

（1）域的相关概念

① 域名：域的标识名称。例如，PAGE、TIME、DATE 等都是域名。

② 域代码：即域名及其相关的定义符组成的一串指令。当需要对域进行编辑时，就需要进入显示域代码的状态。

③ 域开关：在域代码里，为完成某些特定的操作而增加的指令，使用不同的域开关与同一个域名组成的域代码，可以得到不同的域结果。一定要注意，域名和域开关之间的空格不能省略。

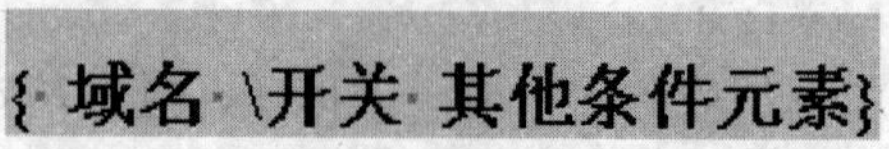

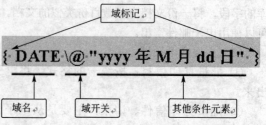

{域名 \开关 其他条件元素}

图 2-53　域的构成 1

图 2-54　域的构成 2

④ 域标记：一对花括号"{ }"。任何一串域代码都需要放置到域标记里才能被 Word 识别，未放入域标记里的代码只是一串字符，不能起到任何作用。需要注意的是，如果这对花括号不是通过域命令自动生成的，而是手工输入的，不能用键盘上的括号直接录入，必须使用 Ctrl+F9 组合键来生成。

⑤ 域结果：通常情况下，在文档中显示的是域结果，它是域代码运行所得到的，即 Word 执行域指令插入到文档中的文字或图形。

⑥ 域底纹：指域代码或域结果下突出的灰色底纹。可以通过命令选项来控制域底纹的显示。具体方法是：单击菜单"工具"→"选项"命令，在打开的对话框"视图"选项卡中，如图 2-55 所示。图 2-55 中的域代码复选框是指若选中了此项，在打开含有域代码的文档时，文档中的域将以域代码的形式出现；若未选中此项，则文档中的域将以域结果的形式出现。

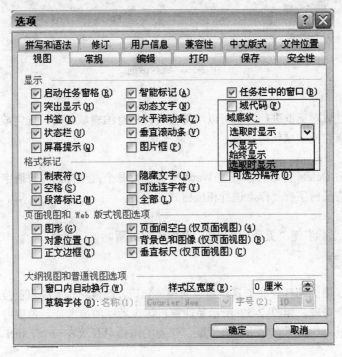

图 2-55　域底纹的设置

（2）域的插入

有命令插入、对话框插入和键盘录入三种方式。

① 命令插入域代码：如单击菜单"插入"→"页码"命令，可向文档中插入每页的页码。此方法受 Word 命令的制约，能通过命令直接插入的域代码并不多。

② 对话框插入域代码：单击菜单"插入"→"域"命令，打开域对话框，如图 2-56 所示，通过域对话框向文档中插入需要的域代码。适合一般用户使用，Word 提供的域都可以使用这种方法插入。对域不是很熟悉的，建议采用此方法。不过这种方法不能实现域的嵌套。

③ 键盘录入域代码：把光标放置到需要插入域的位置，按下 Ctrl+F9 组合键插入域特征字符"{ }"，接着将光标移动到域特征代码中间，按从左向右的顺序输入域类型、域指令、开关等。这种方法灵活多变，但必须对域较熟悉，且需要非常细心，否则错一个字母，甚至就一个空格，都会引起域结果的错误。

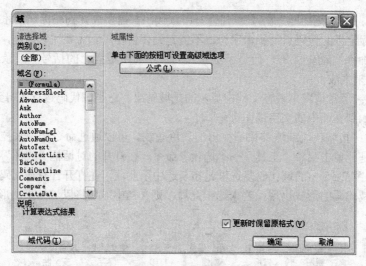

图 2-56 域对话框

（3）域的编辑

编辑可以通过域对话框进行，也可以用键盘直接进行编辑域代码。选定域，按下 Shift+F9 组合键，从域结果切换到域代码状态。

（4）域的删除

选定该域，按 Delete 键即可。域在 Word 里被视为一个占位符，与普通字符享受同样的待遇，即可以像对待任何字符一样，进行相应格式的设置。

（5）域的更新

选定域，点击鼠标右键"更新域"或按 F9 键进行更新。

实现方法及步骤

用 Word 2003 中的邮件合并工具栏和域的相关知识，批量制作大成职业技术学院学生的计算机等级考试的准考证。如图 2-57 所示是计算机等级考试的准考证，希望根据每个学生的不同信息一次性批量制作出所有学生的准考证，学生的源信息存放在一个 Excel 表中，如图 2-58 所示。

计算机等级考试准考证

姓名		
性别		
准考证号		**照片**
级别		
考试地点		
考试时间		

图 2-57 准考证模板——邮件合并主文档

	A	B	C	D	E	F	G
1	姓名	性别	准考证号	级别	考试地点	考试时间	照片
2	张琳	女	081691111203116	一级	图221	11月15日9：00	D:\\照片\\张琳.jpg
3	李路	男	081691111203117	一级	图221	11月15日9：00	D:\\照片\\李路.jpg
4	古敏怡	女	081691111203118	一级	图221	11月15日9：00	D:\\照片\\古敏怡.jpg
5	钟芳	女	081691111203119	一级	图221	11月15日9：00	D:\\照片\\钟芳.jpg
6	欧敏华	男	081691111203120	一级	图221	11月15日9：00	D:\\照片\\欧敏华.jpg
7	黄子健	男	081691111203121	一级	图221	11月15日9：00	D:\\照片\\黄子健.jpg
8	余伟源	男	081691111203122	一级	图221	11月15日9：00	D:\\照片\\余伟源.jpg
9	邓兴桦	男	081691111203123	一级	图221	11月15日9：00	D:\\照片\\邓兴桦.jpg
10	林树培	男	081691111203124	一级	图221	11月15日9：00	D:\\照片\\林树培.jpg
11	张瀚之	男	081691111203125	一级	图221	11月15日9：00	D:\\照片\\张瀚之.jpg
12	刘剀	男	081691111203126	一级	图221	11月15日9：00	D:\\照片\\刘剀.jpg
13	邓英海	男	081691111203127	一级	图221	11月15日9：00	D:\\照片\\邓英海.jpg
14	利佩斯	男	081691111203128	一级	图221	11月15日9：00	D:\\照片\\利佩斯.jpg
15	彭咪	男	081691111203129	一级	图221	11月15日9：00	D:\\照片\\彭咪.jpg
16	陈添辉	男	081691111203130	一级	图221	11月15日9：00	D:\\照片\\陈添辉.jpg
17	吴永超	男	081691111203201	一级	图322	11月15日9：00	D:\\照片\\吴永超.jpg
18	谢晓青	男	081691111203202	一级	图322	11月15日9：00	D:\\照片\\谢晓青.jpg
19	邝嫦桂	男	081691111203203	一级	图322	11月15日9：00	D:\\照片\\邝嫦桂.jpg
20	曾少萍	女	081691111203204	一级	图322	11月15日9：00	D:\\照片\\曾少萍.jpg
21	刘付金德	男	081691111203205	一级	图322	11月15日9：00	D:\\照片\\刘付金德.jpg
22	梁容飞	男	081691111203206	一级	图322	11月15日9：00	D:\\照片\\梁容飞.jpg
23	刘蔚林	男	081691111203207	一级	图322	11月15日9：00	D:\\照片\\刘蔚林.jpg
24	王俊剀	男	081691111203208	一级	图322	11月15日9：00	D:\\照片\\王俊剀.jpg

准考证 / Sheet2 / Sheet3

图 2-58　合并时要用的数据库表信息

1．准备数据源

数据源是一个文件，它包含了在合并文档各个副本中不相同的数据（即变量的值），例如要在邮件合并中使用的名称和地址列表。该数据源可以是 Microsoft Word 表格、Microsoft Excel 工作表、Microsoft Outlook 联系人列表或 Microsoft Access 数据库等。此处的数据源是指学生准考证上的信息来源。制作准考证所需的学生信息数据，一般情况下可以制作成 Excel 表，在这个表里包含学生及考试相关的一些基本信息。我们使用 Excel 建立准考证表，在 sheet1 中分别输入包括职工的姓名、性别、准考证号、级别、考试地点、考试时间和学生照片等信息，照片一栏并不需要插入真实的图片，而是要输入此照片存放的地址，比如 "D:\\照片\\张琳.jpg"，注意这里是双反斜杠，并且对照片的要求是统一尺寸大小。制作完成后将 sheet1 重命名为 "准考证"，把该工作簿重命名为 "准考证信息.xls"，如图 2-58 所示。

2．设置主文档

主文档是开始文档，包含每一份合并结果中都相同的文本内容。在主文档中，包含了每个副本中相同的所有信息（常量），例如套用信函的正文。它还包含每个副本中不同信息的占位符（变量），例如，在套用信函中，每个副本中的地址块和姓名等。

根据邮件合并向导，创建主文档步骤如下。

① 新建一 Word 空白文档。

② 单击菜单 "工具" → "信函与邮件" → "邮件合并"，打开邮件合并任务窗格，如图 2-59 所示。选择文档类型，在这里我们选择目录，因为这种类型，可以使得一个页面里可以容纳多个准考证，最后排版的时候可以节省版面。然后单击 "下一步：正在启动文档"，如图 2-59 所示，单击后如图 2-60 所示。

③ 在图 2-60 里要选择开始文档，我们选择 "使用当前文档"，表示从此处显示的空白文档开始，接着在当前的空白文档里制作如图 2-57 所示的准考证。步骤如下。

a. 单击菜单 "文件" → "页面设置"，打开页面设置对话框，如图 2-61 所示。将页面方向改成 "横向"，上下页边距改成 "1 厘米"，单击【确定】按钮。

b. 在当前空白文档里输入标题 "计算机等级考试准考证"，字体格式为 "黑体、加粗、三号"，段落格式为 "对齐方式为居中，段前 13 磅，段后 13 磅，单倍行距"，设置好后如图 2-62

所示。

图 2-59 邮件合并——选择文档类型

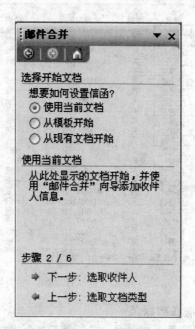

图 2-60 邮件合并——选择开始文档

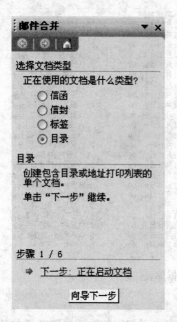

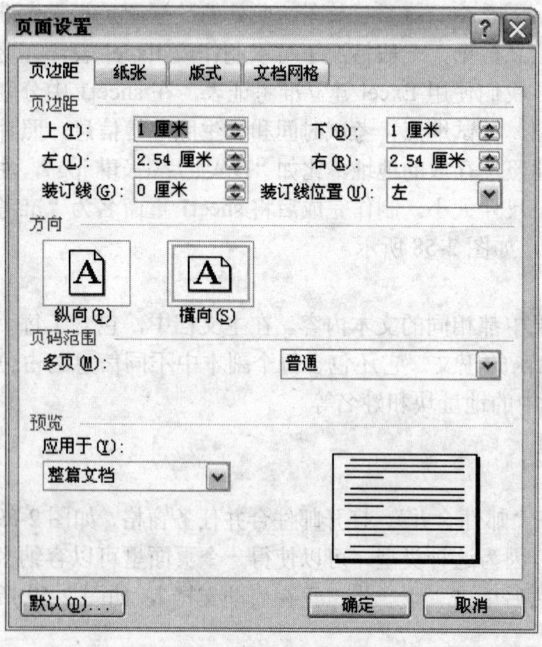

图 2-61 主文档页面设置

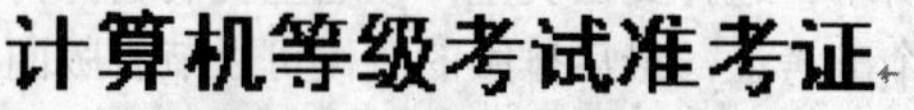

计算机等级考试准考证

图 2-62 主文档表格标题

c. 在刚设置好的标题后插入表格，单击菜单"表格"→"插入"→"表格"，打开插入表格对话框，将列数和行数分别设置为 3、6，其他保持不变，如图 2-63 所示，并按【确定】按钮。在插入的表格第一列里的单元格分别输入"姓名、性别、准考证号、级别、考试地点、考试时间"，字体格式为"宋体、五号、加粗"。选中第三列的所有单元格，点击鼠标右键选择"合并单元格"，将第三列合并为一个单元格，输入"照片"，在此单元格里放置照片。

d. 选中整个表格，在鼠标右键的"单元格对齐方式"中选择水平垂直对齐方式都为居中，适当调整列宽、行高后如图 2-64 所示。

插入表格	

图 2-63 "插入表格"对话框   图 2-64 表格

3．选择数据源

① 设置好表格标题和表格，即主文档后，单击图 2-60 所示邮件合并任务窗格里的"下一步：选取收件人"。邮件合并任务窗格变成如图 2-65 所示情形。

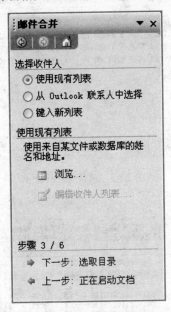

图 2-65 邮件合并——选择收件人 1

② 在图 2-65 里选择收件人，即是选择数据源。这里我们选择"使用现有列表"，并点击下面的"浏览"，打开"选取数据源"对话框，在"查找范围"下拉列表框中找到放置数据源文档的路径，然后选取其中的 Excel 文件"准考证信息.xls"，如图 2-66 所示，再单击【打开】按钮，随即打开选择"准考证信息.xls"工作簿里的工作表对话框，如图 2-67 所示，我们选择表名为"准考证"的表，单击【确定】。此时，出现如图 2-68 所示的"邮件合并收件人"对话框。在此对话框里，列出了每一条记录。用户可以通过复选框来选择需要做准考证的学生的信息，还可以使用字段名称进行筛选。在这里，因为所有学生都需要做准考证，默认选中所有学生信

息，我们直接单击【确定】按钮。这个时候，回到主文档，邮件合并任务窗格变成如图 2-69 所示，上面提示"您当前的收件人选自：'准考证信息.xls'中的[准考证$]"。接着我们单击任务窗格中的"下一步：选取目录"，进入下一步。

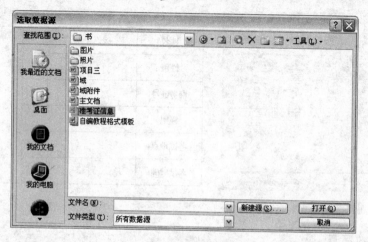

图 2-66　选取数据源

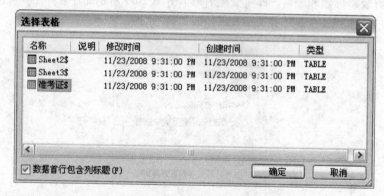

图 2-67　选择 Excel 表格

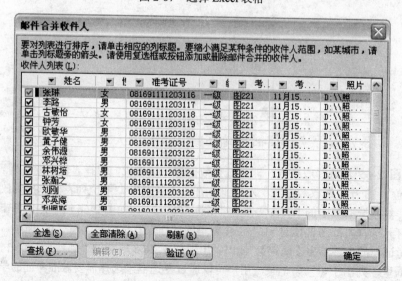

图 2-68　"邮件合并收件人"对话框

4．选取目录、合并邮件

① 在图 2-70 所示里，是邮件合并的第四步，选取目录。将插入点置于插入合并域的位置，即将当前光标定位到主文档表格的"姓名"右边的单元格里，然后单击图 2-70 任务窗格里的"其他项目"，弹出"插入合并域"对话框，在"域"列表中选择"姓名"，单击【插入】按钮，效果如图 2-71 所示，然后单击【关闭】按钮。用同样的方法插入性别、准考证号、级别、考试地点、考试时间合并域后，如图 2-72 所示。选中表格，按 Shift+F9 组合键，切换到域代码，如图 2-73 所示。

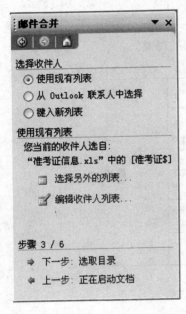

图 2-69　邮件合并——选择收件人 2

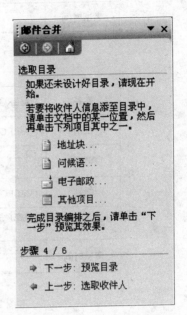

图 2-70　邮件合并——选取目录 1

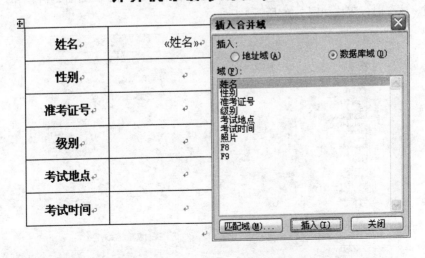

图 2-71　"插入合并域"对话框

姓名	《姓名》	
性别	《性别》	
准考证号	《准考证号》	照片
级别	《级别》	
考试地点	《考试地点》	
考试时间	《考试时间》	

图 2-72 插入合并域后的表格

姓名	{ · MERGEFIELD · "姓名" · }	
性别	{ · MERGEFIELD · "性别" · }	
准考证号	{ · MERGEFIELD · "准考证号" · }	照片
级别	{ · MERGEFIELD · "级别" · }	
考试地点	{ · MERGEFIELD · "考试地点" · }	
考试时间	{ · MERGEFIELD · "考试时间" · }	

图 2-73 域代码表格

② 在上一步里将姓名、性别、准考证号、级别、考试地点、考试时间的域都已经插入，接下来插入照片。单击"插入"→"域"，弹出"域"对话框，在"域名"列表里选择"IncludePicture"，在"文件名或 URL_:"里输入任意名字，如"file"，如图 2-74 所示，单击【确定】按钮。这个时候表格如图 2-75 所示。

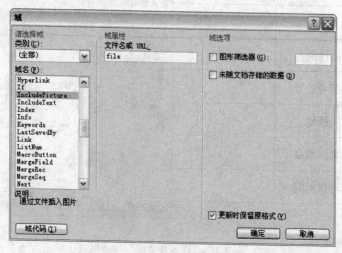

图 2-74 插入照片域

姓名	《姓名》	照片
性别	《性别》	
准考证号	《准考证号》	
级别	《级别》	
考试地点	《考试地点》	
考试时间	《考试时间》	

图 2-75　插入照片域后的表格

③ 在照片单元格里删除"照片"两字，选中图片，按 Shift+F9 组合键，显示域代码，这个时候照片单元格如图 2-76 所示，照片域代码为"{ INCLUDEPICTURE　"file"　* MERGEFORMAT }"，将域代码中的"file"改为"{MERGEFIELD "照片" }"，注意"{　　　}"用 Ctrl+F9 键输入而非用键盘直接输入，另外里面的空格也不能省略，如图 2-77 所示，请注意里面的空格，不可省略。最后文档效果如图 2-78 所示。

④ 单击此时任务窗格里的"下一步：预览目录"，表格变成如图 2-79 所示。

{ INCLUDEPICTURE　"file"　*
MERGEFORMAT }

图 2-76　照片域代码

{ INCLUDEPICTURE　"{
MERGEFIELD "照片" }"　*
MERGEFORMAT }

图 2-77　完整的照片域代码

⑤ 在图 2-79 所示的任务窗格里，单击"下一步：完成合并"，任务窗格变为如图 2-80 所示。点击任务窗格里的"创建新文档"，弹出"合并到新文档"对话框，如图 2-81 所示，选择"全部"，并单击【确定】按钮。则 Word 程序会自动新建一文档，默认文件名为"目录 1"，效果如图 2-82 所示。这个时候，字段都已经全部更新，只有照片还没有。单击"编辑"→"全选"菜单，按 F9 更新，更新后如图 2-83 所示。单击菜单"文件"→"保存"，打开"另存为"对话框，选择好保存位置，输入文件名，如"完成后的文档"后，单击【保存】按钮。至此已全部完成准考证的制作，直接打印就可以了。

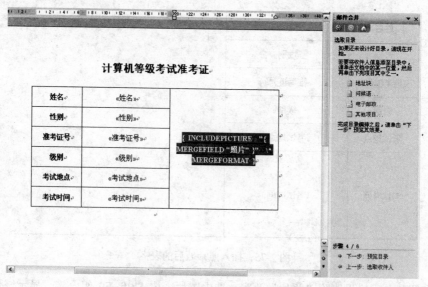

图 2-78　邮件合并——选取目录 2

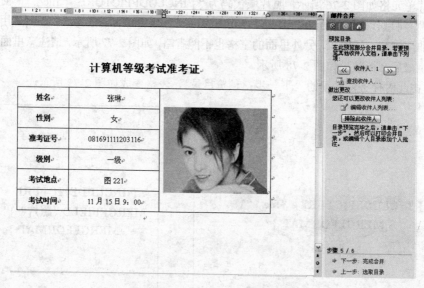

图 2-79　邮件合并——预览目录

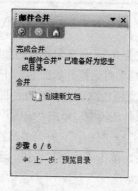

图 2-80　邮件合并——完成合并

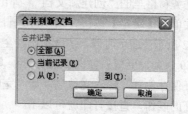

图 2-81　"合并到新文档"对话框

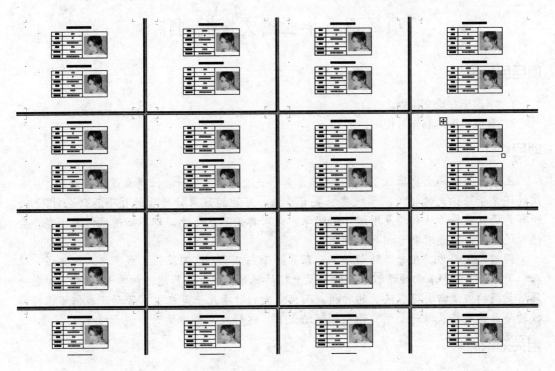

图 2-82　合并后的新文档

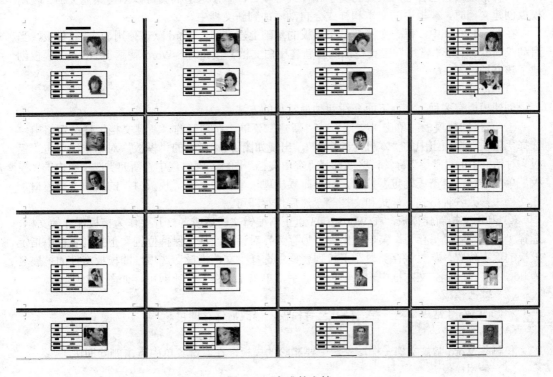

图 2-83　完成的文档

项目四　毕业论文模板制作

项目目标

1. 掌握毕业论文排版。
2. 掌握模板的制作与使用。

项目综述

　　王菲菲同学马上要毕业了，她一边找工作，一边做毕业设计，忙得真是焦头烂额。最头痛的还是毕业论文的排版，学校要求要有目录，可她的目录标题后的页码怎么也对不齐，还有奇偶页页眉，从来都没用过，问同学，大家都差不多处境，都不知道从何入手呢。会的人还真少，还是求助于指导老师吧。

　　经过几天努力，在老师的帮助下，菲菲终于完工了。这回菲菲又成"名人"又成"忙人"了，同学们都来向她请教，有的甚至直接请她帮忙改。菲菲想，初学 Word 者，排版一篇质量高的文章需要花费较长的时间，而大多数的时间几乎是在重复劳动，我何不根据学校的毕业论文格式做一个毕业论文模板给大家，这样大家都方便呀。说干就干……

相关知识点

1. 模板

　　一种框架，它包含了一系列的文字和样式等项目，基于这个框架可以创建其他文档。使用模板创建文档时，模板中的文本和样式会自动添加到新文档中。

　　在 Word 2003 中，每个文档都是在模板的基础上建立的。Word 默认使用 Normal 模板，当启动 Word 或单击"常用"工具栏上的【新建空白文档】按钮时，Word 就基于 Normal 模板创建了该文档。

　　（1）创建模板

　　创建模板有多种方法，下面介绍两种最常见的方法。

　　① 直接创建模板：单击"文件"→"新建"菜单，在打开的"新建文档"任务窗格中，选择"模板"选项组中的"本机上的模板"，出现如图 2-84 所示的"模板"对话框。单击"模板"对话框中的"常用"标签，然后选择"空白文档"图标，同时选中"新建"选项组内的"模板"单选按钮，单击【确定】按钮，这个时候出现一个默认名为"模板 1"的空白文档窗口，在文档中修改各种格式、样式和文档等，然后保存即可。

　　② 利用文档新建模板：在 Word 2003 里正常编辑文档后或者打开要作为模板保存的文档，选择"文件"→"另存为"菜单，出现"另存为"对话框，从"保持位置"下拉列表框中指定模板的保存位置，从"保存类型"下拉列表框中选择"文档模板"选项，即模板文件的扩展名为.dot，在"文件名"文本框中输入模板的名字，单击【保存】按钮即可，如图 2-85 所示。

　　（2）修改模板

　　和修改 Word 常规文档一样，打开已有模板，修改后保存即可。

　　（3）删除模板

　　和删除 Word 常规文档一样，先选中要删除的模板，在右键菜单中点击删除即可。

　　（4）使用模板

　　如果要为文档选用一个新模板，打开该文档，选择"工具"→"模板和加载项"，出现如图 2-86 所示的"模板和加载项"对话框。单击对话框里的【选用】按钮，出现"选用模板"对话框，选择所需的模板，选用模板的名字将出现在"文档模板"文本框中，如果要应用新模板中的样式，可以在对话框中选中"自动更新文档样式"复选框，单击【确定】完成操作。

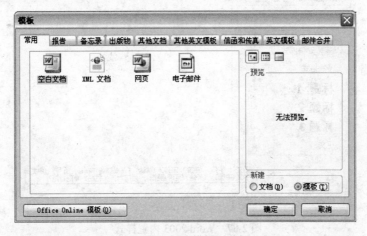

图 2-84 新建模板对话框

图 2-85 另存为模板对话框

2. 样式

简单的说，样式就是一系列预置的排版命令，它不仅包括对字符的修饰，而且还包括对段落的修饰。当应用样式时，系统会自动完成该样式中包含的所有格式的设置工作，可以大大提高排版的工作效率。样式通常有字符样式、段落样式、表格样式和列表样式等类型。字符排版格式包括字体、字号、加粗、倾斜、下划线、字符边框、字符底纹等；段落排版格式包括缩进、段间距、行间距和对齐方式等。

Word 2003 提供了多种内建样式，如标题 1～标题 3、正文等样式，单击"格式"→"样式和格式"，打开"样式和格式"任务窗格，可以看到 Word 的内置样式，如图 2-87 所示。

图 2-86 "模板和加载项"对话框

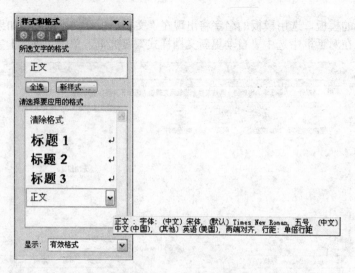

图 2-87　Word 2003 内置样式

（1）创建样式

如果 Word 提供的内置样式无法满足用户的要求，可以创建所需的样式。用户既可以基于已经排版的文本创建样式，也可以使用"新建样式"对话框创建样式。

① 基于已经排版的文本创建样式：选定已经排版的文本，如图 2-88 所示，单击"格式"工具栏中的"样式"框，在"样式"框中输入新的样式名，例如，输入"论文标题"，按回车键，将刚创建的样式名添加到"样式"列表中。

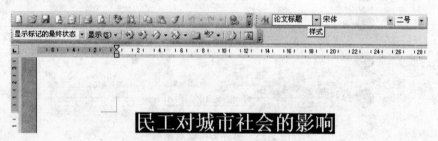

图 2-88　添加新样式

② 利用"样式和格式"任务窗格创建样式：单击"样式和格式"任务窗格中的"新样式"按钮，出现如图 2-89 所示的"新建样式"对话框。在"名称"文本框中输入要创建的样式名，在"样式类型"下拉列表框中选择样式适用范围是段落或字符，在"样式基于"下拉列表框中选择一个基准样式。如果不想指定基准样式，可以选择"无样式"选项。在"后续段落样式"下拉列表框中选择需要将其应用于下一段落的样式。单击对话框中【格式】按钮，弹出一个菜单，从菜单中选择相应的选项为样式定义格式。例如，定义字体可以选择"字体"选项，定义段落可以选择"段落"选项，都定义好后，单击【确定】完成新样式的创建。

（2）修改样式

对于内置和自定义样式都可以进行修改。修改样式后，Word 会自动更新整个文档中应用该样式的文本格式。例如，需要将内置样式"标题 1"样式中的"宋体"改为"楷体"，可以按如下步骤进行操作：

① 单击菜单"格式"→"样式和格式"，弹出"样式和格式"任务窗格；

② 在"请选择要应用的格式"选项组内找到要修改的样式名"标题 1";

③ 单击该样式名右侧的向下箭头,从弹出的下拉菜单中选择"修改"命令,出现如图 2-90 所示的"修改样式"对话框,将格式下的字体改为"楷体",单击【确定】按钮,会发现所有应用"标题 1"样式的段落格式都发生变化,其中的字体均改为"楷体"。

（3）使用样式

创建样式后,可以利用它对文档进行排版。具体步骤如下。

① 如果要应用某个段落样式,只需将插入点置于该段的任意位置,如果要应用某个字符样式,需要选定这些字符;

② 单击"格式"工具栏中"样式"下拉列表框右侧的向下箭头,在出现的下拉列表样式中选择所需的样式,或者单击"样式和格式"任务窗格中所需的样式。

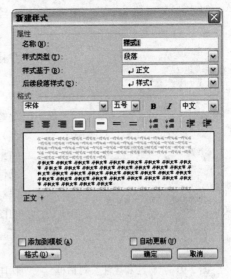

图 2-89　"新建样式"对话框

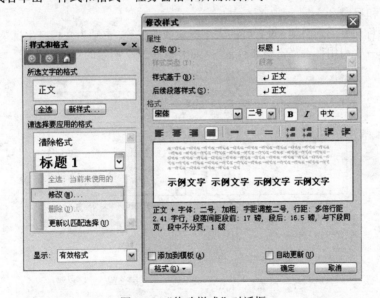

图 2-90　"修改样式"对话框

3．脚注和尾注

脚注和尾注都是用来对文档中某个内容进行解释、说明或提供参考资料等的对象。脚注通常出现在页面的底部,作为文档某处内容的说明;而尾注一般位于文档的末尾,用于说明引用文献的来源等。在同一个文档中可以同时包括脚注和尾注。

脚注包括两个组成部分,注释参考标记和与其对应的注释文本,它们相互链接。将鼠标指针置于注释参考标记上,将显示注释文本;双击注释参考标记,可自动将插入点转移至注释文本区;双击注释文本前面的标记,可自动将插入点转至注释参考标记位置。

插入脚注或尾注的方法为:将光标定位到需要插入脚注的地方,单击"插入"→"引用"→"脚注和尾注"菜单命令,弹出"脚注和尾注"对话框,如图 2-91 所示,在对话框里选择相应的脚注或尾注。

图 2-91 "脚注和尾注"对话框

4. 题注

在论文写作过程中，经常会用到图、表、公式等对象，并且需要为它们进行编号，如图 1.1、表 1.1、公式 1 等。而一篇论文从开始撰写到最后定稿，往往需要经过多次的修改，其间难免要增删部分图、表、公式，此时更新编号及修改文中引用编号的内容（例如"如图 3.2 所示"等内容）就成了一项繁琐而又容易出错（比如漏改）的工作。如果要为文档中的图片、表格、公式等对象添加注释，可以使用 Word 的题注功能，它最大的一个优点就是能够根据对象在文档中的位置自动编号，而且可以据此编制文档的图表目录。

5. 交叉引用

是在文档的某一位置引用文档另一位置的内容，可以利用其进行跳转，类似于超链接，但交叉引用一般只能用于同一文档中（或主文档与其子文档之间）。在 Word 中可以为标题、脚注、尾注、书签、题注、编号段落等创建交叉引用。

6. 索引和目录

根据文中标记好的索引项、设置好的大纲样式或题注等，自动为文档产生目录或图表目录，单击"插入"→"引用"→"索引和目录"，弹出如图 2-92 所示的对话框。

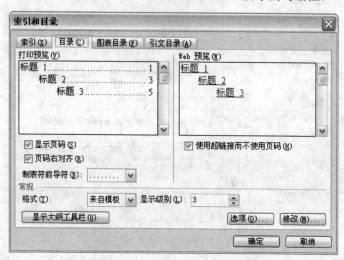

图 2-92 "索引和目录"对话框

7. 分栏排版

在阅读报纸和杂志时，经常会发现许多页面被分成多个栏目。这些栏目有的是等宽的，有的是不等宽的，使得整个页面布局显得更加错落有致，方便阅读。Word 提供了分栏功能。如果要设置分栏，可以按以下步骤进行操作：

① 要将整个文档设置成多栏版式，请单击"编辑"→"全选"菜单，要将文档的部分设置成多栏版式，请选定相应的文本；

② 单击"格式"→"分栏"菜单命令，出现如图 2-93 所示的"分栏"对话框；

③ 在"预设"选项组中选择要使用的分栏格式，如"两栏"，在"应用于"下拉列表框中，

指定分栏格式应用的范围为"整篇文档"、"插入点之后"、"本节"或"所选文字"等，如果要在栏间设置分隔线，选中"分隔线"复选框，根据需要调整"宽度和间距"后，单击【确定】按钮，结果如图 2-94 所示。

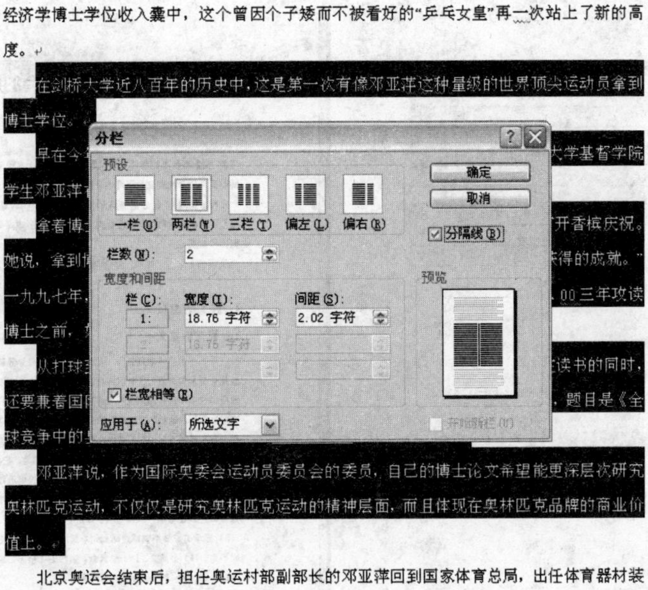

经济学博士学位收入囊中，这个曾因个子矮而不被看好的"乒乓女皇"再一次站上了新的高度。

图 2-93　"分栏"对话框

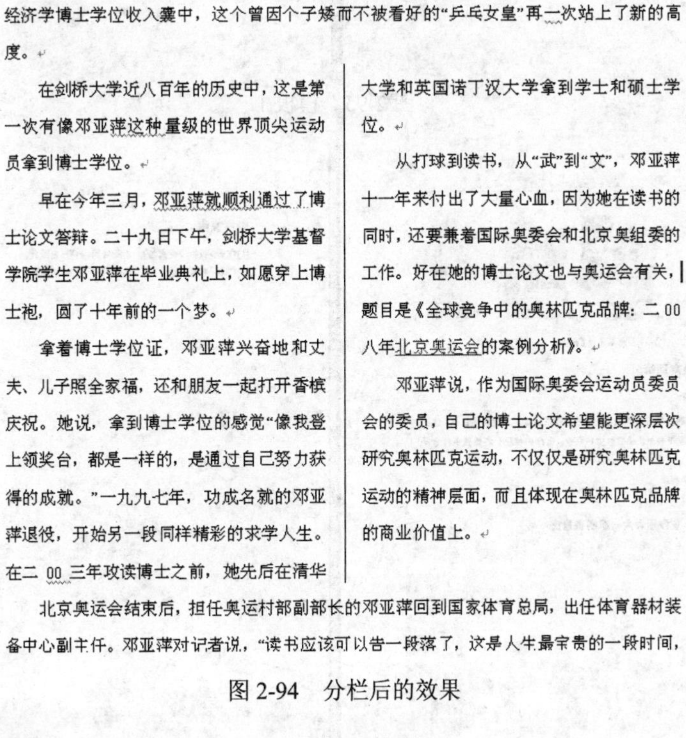

经济学博士学位收入囊中，这个曾因个子矮而不被看好的"乒乓女皇"再一次站上了新的高度。

在剑桥大学近八百年的历史中，这是第一次有像邓亚萍这种量级的世界顶尖运动员拿到博士学位。

早在今年三月，邓亚萍就顺利通过了博士论文答辩。二十九日下午，剑桥大学基督学院学生邓亚萍在毕业典礼上，如愿穿上博士袍，圆了十年前的一个梦。

拿着博士学位证，邓亚萍兴奋地和丈夫、儿子照全家福，还和朋友一起打开香槟庆祝。她说，拿到博士学位的感觉"像我登上领奖台，都是一样的，是通过自己努力获得的成就。"一九九七年，功成名就的邓亚萍退役，开始另一段同样精彩的求学人生。在二〇〇三年攻读博士之前，她先后在清华大学和英国诺丁汉大学拿到学士和硕士学位。

从打球到读书，从"武"到"文"，邓亚萍十一年来付出了大量心血，因为她在读书的同时，还要兼着国际奥委会和北京奥组委的工作。好在她的博士论文也与奥运会有关，题目是《全球竞争中的奥林匹克品牌：二〇〇八年北京奥运会的案例分析》。

邓亚萍说，作为国际奥委会运动员委员会的委员，自己的博士论文希望能更深层次研究奥林匹克运动，不仅仅是研究奥林匹克运动的精神层面，而且体现在奥林匹克品牌的商业价值上。

北京奥运会结束后，担任奥运村部副部长的邓亚萍回到国家体育总局，出任体育器材装备中心副主任。邓亚萍对记者说，"读书应该可以告一段落了，这是人生最宝贵的一段时间，

图 2-94　分栏后的效果

实现方法及步骤

在这里讲述了怎样按照要求设计一个毕业论文模板，讲述毕业论文写作过程中的常用技

巧，包括目录的自动插入、样式的使用、图表公式的自动编号和交叉引用、页眉中提取章节标题等。完成的模板如图 2-95、图 2-96 所示。毕业生可以在此模板上进行更改，而无需过多考虑格式问题。

图 2-95　模板 1

图 2-96　模板 2

1．设置模板

① 打开已有文档"民工对城市社会的影响.doc"，如图 2-97 所示。如果文章中带有任何样式，可用 Ctrl+A 组合键选中全文，单击"常用"工具栏上的"样式"下拉列表框中的"清除格式"，清除该文档的所有格式。

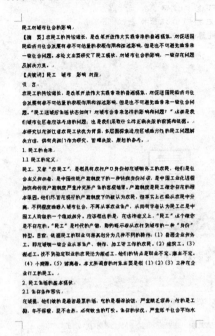

图 2-97　要制作成模板的原始文档

② 页面设置（上下 2.54 厘米，左右 3.17 厘米）：单击"文件"→"页面设置"，打开如图 2-98 所示的"页面设置"对话框，单击"页边距"选项，方向为"纵向"，上下页边距设置为 2.54 厘米，左右页边距设置为 3.17 厘米；再单击"纸张"选项，纸张大小选择为"A4"纸。

③ 更改"正文"样式（首行缩进 2 字符，宋体小四，行距 22 磅）：单击"格式"→"样式和格式"，在弹出的任务窗格中，在"请选择要应用的格式"下单击"正文"右边的下拉按钮，选择"修改"，在弹出的"修改样式"对话框里，在对话框里将字体改为"小四"，单击【格式】按钮，在弹出的菜单中选择"段落"，打开"段落"对话框。在"段落"对话框里，特殊格式选择"首行缩进 2 字符"，将行距改为"固定值 22 磅"。单击【确定】完成"正文"样式的修改。

④ 应用"正文"样式：单击"编辑"→"全选"，选中全文，单击右边任务窗格里的"正文"样式。

⑤ 创建"论文标题"样式（首行缩进 0 字符，字体二号宋体加黑，段落对齐方式为居中，段后 1 行）：单击"格式"→"样式和格式"，在弹出的任务窗格中，选择【新样式】按钮，在弹出的"修改样式"对话框里，属性下面，名称改为"论文标题"，样式基于和后续段落样式都选择"正文"；格式下面，字体选择"宋体"、"二号"、"加粗"，单击【格式】按钮，在弹出的菜单中选择"段落"，打开"段落"对话框。在"段落"对话框里，特殊格式下面，选择"（无）"；常规下面，对齐方式为"居中"；间距下面，段后为 1 行，如图 2-99 所示。单击【确定】完成新样式"论文标题"的创建，在右边的任务窗格中可以看见。

⑥ 应用"论文标题"样式：在文中选中"民工对社会城市的影响"，单击任务窗格中的"论

文标题"样式，效果如图 2-100 所示。

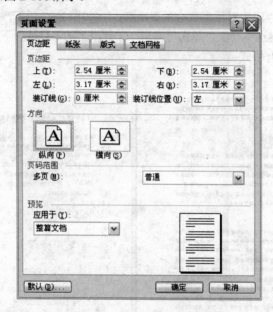

图 2-98 "页面设置"对话框

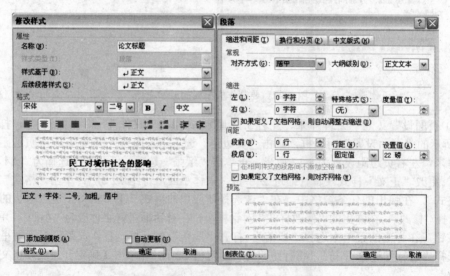

图 2-99 新建"论文标题"样式

民工对城市社会的影响

图 2-100 标题效果

⑦ 去掉"摘要"和"关键词"前的首行缩进，"关键词"加黑。

⑧ 更改"标题 1"样式（"1. 标题"，格式基于正文，首行缩进 0 字符，黑体小三号，段后 0.5 行）：单击右边任务窗格中"标题 1"右边下拉列表按钮中的修改命令，如图 2-101 所示，弹出修改样式对话框，在对话框中将标题样式改为"格式基于正文，首行缩进 0 字符，黑体小三号，段后 0.5 行"，同时选中对话框里右下角的"自动更新"复选框，这样在对标题格式进行

更改后，文档里的格式会自动更新，最后点击【确定】按钮，保存修改。

⑨ 应用"标题 1"样式：选中文中需要设置为标题 1 样式的文本，"引　言"、"1.民工的由来"、"2. 民工生活的基本现状"、"参考文献"、"致　谢"等等，单击任务窗格中的"标题 1"样式，最后效果如图 2-102 所示。

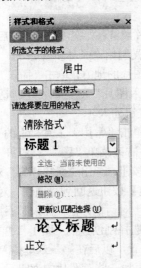

引　言

1. 民工的由来

2. 民工生活的基本现状

参考文献

致　谢

图 2-101　修改标题 1 样式　　　　　　　图 2-102　标题 1 样式的效果

⑩ 重复步骤⑧、⑨，更改"标题 2"、"标题 3"样式（标题 2 要求为"1.1 标题"，格式基于正文，首行缩进 0 字符，宋体四号加粗，段前段后间距各 5 磅；标题 3 要求为"1.1.1 标题"，格式基于正文，首行缩进 0 字符，宋体小四号加粗），应用"标题 2"、"标题 3"样式，注意"摘要"两字也设置为标题 3 样式，最后效果如图 2-103 所示。

民工对城市社会的影响

【摘　要】农民工的持续增长，是改革开放伟大实践带来的普遍现象，对促进国民经济与社会发展有着不可估量的积极作用和深远影响，但是也不可避免地带来一些社会问题。本论文主要研究了民工现状、对城市社会的影响，一些存在问题及解决方案。

【关键词】民工　城市　影响　对策

引　言

1. 民工的由来

1.1 民工的定义

2. 民工生活的基本现状

2.1 生存条件恶劣

2.1.1 各城市生存条件调查

……

2.2 工作强度大，社会压力大，家庭负担重

……

参考文献

致　谢

时光飞逝……

图 2-103　标题设置完毕

⑪ 设置引言另起一页：将光标定位在"引言"之前，单击"插入"→"分隔符"菜单，分隔符类型选择"分页符"，如图 2-104 所示，单击【确定】按钮完成操作。

图 2-104　插入分页符

⑫ 根据上面的方法，同样设置"参考文献"和"致谢"另起一页。

⑬ 在文中插入图片，并设置题注：如在 1.1 第一段后插入图片"民工分类图"，并在文中交叉引用，具体步骤如下。

a. 将光标定位到需要插入图片的地方，单击"插入"→"图片"→"来自文件"，弹出"插入图片"对话框，在对话框中选择需要的图片，单击【确定】按钮插入。

b. 选中刚刚插入的图片，单击"常用"工具栏上的"居中"按钮，使得图片居中，选中图片右键菜单"题注"，打开"题注"对话框，如图 2-105 所示。根据格式要求，单击【新建标签】按钮，弹出"新建标签"对话框，在标签里输入"图 1-"（因为这是第一章里的图），单击【确定】按钮返回到"题注"对话框，在对话框里单击【自动插入题注】按钮，弹出"自动插入题注"对话框，在"插入时添加题注"里选择"Microsoft Word 图片"，在"选项"下面的使用标签里选择刚创建的"图 1-"，单击【确定】按钮返回"题注"对话框，单击【确定】即完成题注的设置，以后在第一章里插入图片都会自动插入题注，效果如图 2-106 所示，可以在"图 1-1"后添加一些对图片的说明。

图 2-105　"题注"对话框

图 1-1

图 2-106　插入题注后效果

⑭ 在文中添加对图片的交叉引用：将光标定位到需要交叉引用的位置，如在"（5）游离者。"后，单击"插入"→"引用"→"交叉引用"菜单命令，弹出如图 2-107 所示的对话框，

在对话框里选择"引用类型"为"图1-",引用内容为"只有标签和编号",在"引用哪一个题注下"选择相应的题注,单击【确定】按钮,完成交叉引用,如图2-108所示。如果要更新交叉引用,按F9即可;也可以选中全文,按F9,完成所有更新。

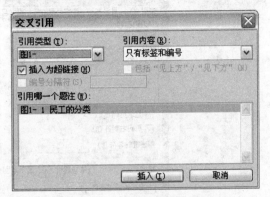

⑮ 如果插入的是第*章的图片,同样的方法创建题注"图*-"即可。

⑯ 自动添加目录:将光标定位到论文标题"民工对城市社会的影响"前,按Ctrl+Enter组合键,强制换页,光标定位到第一页,输入"目录"两字,设置格式为"宋体三号加粗居中",光标定位到"目录"下一行,单击"插入"→"引用"→"索引和目录",弹出如图

图 2-107 "交叉引用"对话框

2-92所示的"索引和目录"对话框,设置各级子目录没有缩进,单击对话框上的【修改】按钮,弹出如图2-109所示的"样式"对话框,在样式里选择"目录2",单击【修改】按钮,弹出"修改样式"对话框,在该对话框里,单击【格式】按钮,选择"段落",弹出"段落"对话框,修改"缩进"、"左为0字符",单击【确定】返回到"样式"对话框,用同样的方法更改"目录3"左缩进为0字符,单击【确定】返回到"索引和目录"对话框,此时该对话框变为如图2-110所示,单击【确定】完成目录的自动插入,如果要更新目录,在目录上点击右键"更新域"即可,如图2-111所示。

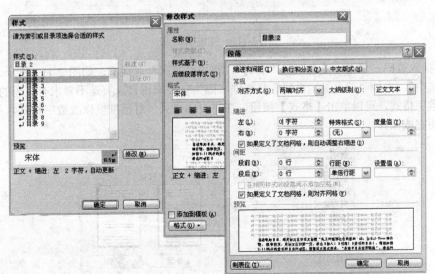

图 2-108 交叉引用效果

图 2-109 修改目录样式

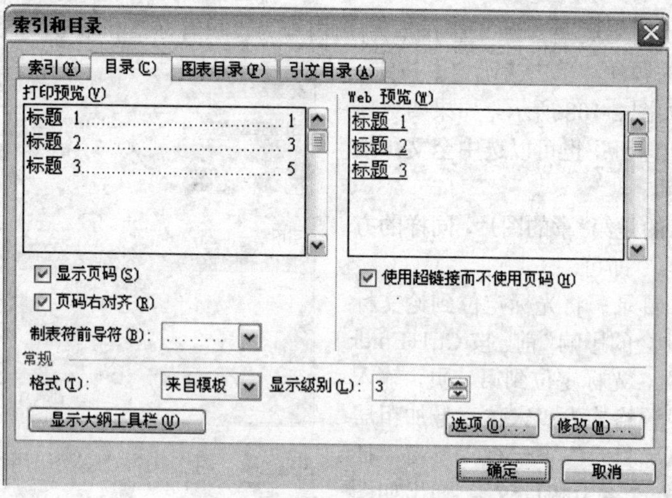

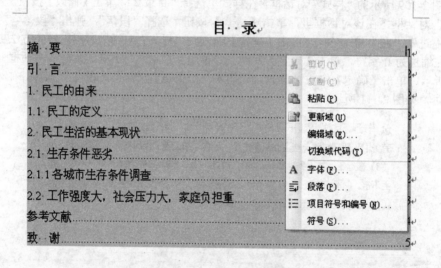

图 2-110　没有缩进的目录

图 2-111　完成的目录

⑰ 插入页码：单击“插入”→“页码”，弹出“页码”对话框，如图 2-112 所示。对齐方式为“居中”，去掉“首页显示页码”复选框（因为一般来说目录页是不要求有页码的），如果要修改数字格式，可以单击【格式】按钮，在“页码格式”对话框里修改数字格式，单击【确定】按钮完成操作。

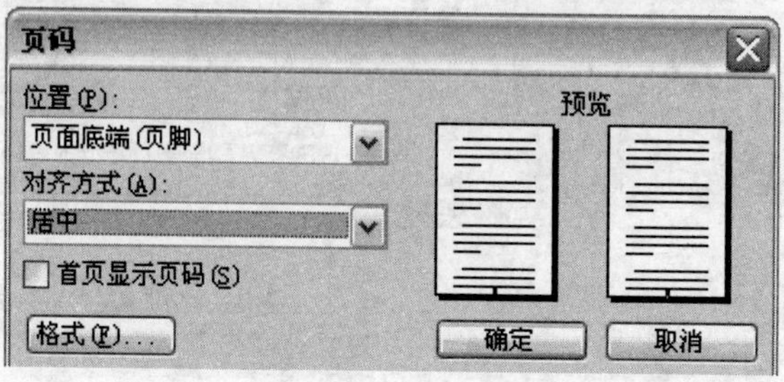

图 2-112　插入页码

⑱ 设置页眉：要求为目录页不显示，奇数页为"大成职业技术学院毕业论文"，左对齐，偶数页为当页对应的章标题，右对齐，具体步骤如下：

a. 单击"文件"→"页面设置"，选择"版式"选项，勾选"奇偶页不同"、"首页不同"，单击【确定】，如图 2-113 所示；

b. 单击"视图"→"页眉和页脚"，定位到第 1 页（目录页的下一页），在页眉里输入"大成职业技术学院毕业论文"，如图 2-114 所示。单击"页眉和页脚"工具栏上的"显示下一项"按钮，定位到下一页页眉处，单击"插入"→"域"命令，打开"域"对话框，在"类别"列表框中选择"全部"，"域名"列表框中选择域名为"StyleRef"，在"样式名"列表框中选择样式为"标题 1"，如图 2-115 所示，单击【确定】按钮，光标处自动获得章标题（标题 1）的内容，如图 2-116所示。

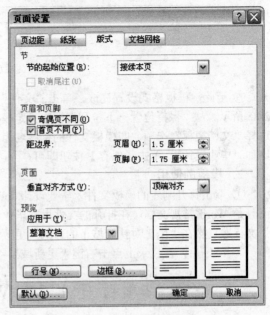

图 2-113　设置页眉

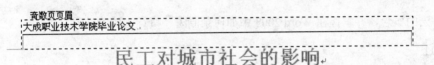

图 2-114　奇数页页眉设置

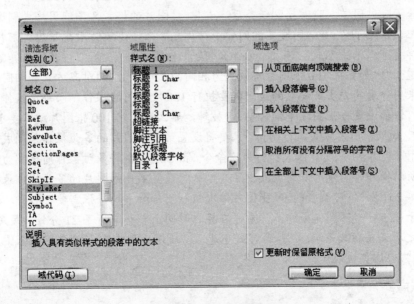

图 2-115　插入章标题域

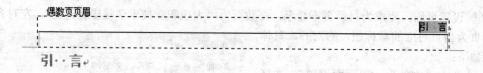

图 2-116 偶数页页眉设置

⑲ 至此，模板格式设置完成，单击"文件"→"另存为"，弹出"另存为"对话框，如图 2-85 所示。从"保持位置"下拉列表框中指定模板的保存位置，从"保存类型"下拉列表框中选择"文档模板"选项，即模板文件的扩展名为.dot，在"文件名"文本框中输入模板的名字，比如"毕业设计"，单击【保存】按钮即可。

2．模板的使用

① 双击打开刚才的模板文件"毕业设计.dot"，打开后，会发现默认文件名为"文档 1"，而且是 Word 常规文档。在打开的文件里写毕业论文，相应的地方写相应的东西即可，如毕业论文标题直接在"民工对社会城市的影响"更改。

② 改好后，在目录上点击右键"更新域"、"更新整个目录"即可。

项目五　宏在 Word 中的应用

项目目标

了解宏的概念，并掌握在 Word 2003 中如何录制宏、执行宏的方法。

项目综述

2008 北京奥运会召开了,学校宣传部准备出一期介绍奥运会各类比赛项目的专刊,里面有上百张的插图，而且要求设置成相同的格式。这天中午，专刊主编把设置所有图片格式的任务交给了晓琳同学。晓琳接到任务后，心想："图片的格式又不能用格式刷进行复制，这下可要把我累死了。"并向同寝室的同学小娜诉起苦来。小娜听后想了想说："你可以用宏啊，这样就可以很快完成了啊。""为什么啊？"晓琳不解。"好吧，我给你算笔账吧。"小娜解释道："比如要将 100 张图片都设置为相同的尺寸、相同的对齐方式和相同的边框效果，如果采用普通的方法来设置的话，将要执行 100 次相同的操作，而每次操作又由多个步骤组成。假如设置一张图片平均需要 15 秒钟，那么设置完 100 张图片就需要 1500 秒，即 25 分钟。如果采用宏方式执行的话，只要将设置第一张图片的多步操作录制成一个宏命令，然后对剩余的 99 张图片依次执行该宏命令，由于宏命令将多步操作简化成为了一个操作命令，所以操作时间就可以大大减少了。假如将设置第一张图片的多步操作录制成一个宏命令需要 25 秒钟，对剩余的 99 张图片依次执行宏命令平均每张需要 2 秒钟，那种总的时间就等于 223 秒，不到 4 分钟。你看，在操作时间上整整节省了 21 分钟，足足 84%。"晓琳听了之后又兴奋又无奈："真的啊？可是……我不会用宏啊。""我用几张图片给你演示一下吧。"小娜爽快地说。

相关知识点

Word 2003 中的宏是将一系列的 Word 操作命令组合到一起作为一个独立的命令来使用。

灵活地使用宏功能可以减少大量的重复操作，极大地提高工作效率。Word 2003 中的宏不仅可以使用在图片上，还可以应用于文字和段落等其他对象上，而且相比于格式刷工具，宏还有一个优势，就是在一个对象上还可以反复执行多个不同的宏命令。

在 Word 2003 中，我们可以通过"工具"→"宏"菜单来管理和使用宏。宏可以录制到工具栏上（以单击按钮方式执行宏命令）或键盘上（以键盘快捷键方式执行宏命令）。

需要注意的是，录制宏的过程中鼠标指针在屏幕上的移动过程是不被录制的，如需选择对象必须使用键盘操作。不过，使用鼠标单击工具栏按钮、执行菜单命令和在对话框中进行鼠标操作则会被录制下来。

使用宏可以简化操作提高效率，但是我们也要防范宏病毒的侵害。宏病毒是一些带有病毒特点的宏。

Word 2003 具有对宏病毒的检查功能。选择"工具"→"宏"→"安全性"命令，打开如图 2-117 所示的"安全性"对话框。选择一种安全级别后，单击【确定】按钮。

当然，要想更有效地防范宏病毒，还必须使用一些著名的杀毒软件，如瑞星、金山毒霸、诺顿等，并开启宏病毒查杀功能。

实现方法及步骤

下面我们来演示一下宏在 Word 2003 中的用法，主要介绍将宏录制到工具栏上，录制到键盘上的方法比较类似，不再详细介绍。在 Word 文档中插入四张剪贴画，以宏命令的方式将四张图片的格式统一设置为：宽 6.35 厘米，高 5 厘米，居中对齐，"1 1/2 磅"双实线阴影边框，如图 2-118 所示。

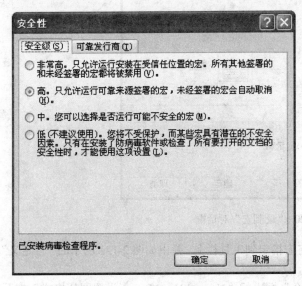

图 2-117 "安全性"对话框   图 2-118 完成效果

1. 录制宏

① 新建一个 Word 文档，选择"插入"→"图片"→"剪贴画"命令，在"剪贴画"任务窗格中搜索"人物"，单击其中一张剪贴画进行插入，如图 2-119 所示。

② 单击选中插入的图片，选择执行"工具"→"宏"→"录制新宏"命令，打开如图 2-120 所示的"录制宏"对话框，将宏名设定为"设置图片格式"。

图 2-119　插入剪贴画

图 2-120　"录制宏"对话框

③ 在对话框中单击【工具栏】按钮将宏指定到工具栏上，弹出如图 2-121 所示的"自定义"对话框，选择"命令"选项卡。

④ 在"自定义"对话框中，将"命令"框中的"Normal.NewMacros.设置图片格式"拖至工具栏上变成一个按钮，然后在按钮上单击右键，在弹出的快捷菜单上可以设置按钮的名称、图像、显示方式等，如图 2-122 所示。

⑤ 将按钮命名为"设置图片格式"，按钮图像选择"笑脸"，则宏按钮变成如图 2-123 所示。

⑥ 单击"自定义"对话框中的【关闭】按钮后开始宏的录制，并出现如图2-124 所示的宏录制器。在宏录制器中，单击左侧的按钮可以停止宏的录制，单击右侧的按钮可以暂停宏的录制。

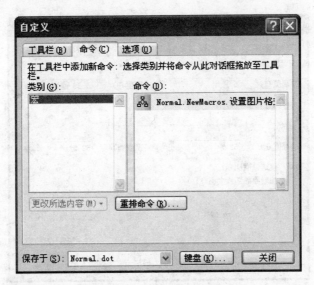

图 2-121　"自定义"对话框

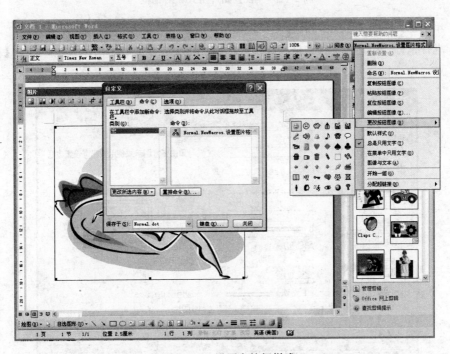

图 2-122　设置宏按钮样式

图 2-123　"设置图片格式"宏按钮

图 2-124　宏录制器

⑦　下面执行对图片的格式设置。选择执行"格式"→"图片"命令，打开"设置图片格式"对话框，选择"大小"选项卡，将高度设为"5 厘米"，宽度设为"6.35 厘米"，单击【确定】按钮。如图 2-125 所示。

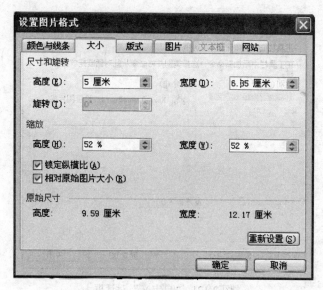

图 2-125 "设置图片格式"对话框

⑧ 单击工具栏的【居中】按钮 ▤，设置图片的对齐方式为"居中对齐"。

⑨ 选择执行"格式"→"边框和底纹"命令，进行如图 2-126 所示设置，单击【确定】按钮。

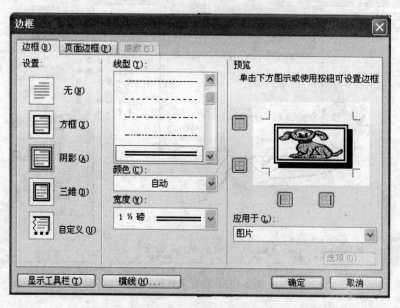

图 2-126 "边框"对话框

⑩ 单击宏录制器上的【停止录制】按钮停止宏的录制。此时图片的格式也设置好了，如图 2-127 所示。

2. 执行宏

再插入三张剪贴画，然后依次选中一张剪贴画后，单击工具栏上的如图 2-123 所示的【设置图片格式】宏按钮，则这三张剪贴画的样式就被设置成和第一张剪贴画一样了。如图 2-128 所示。

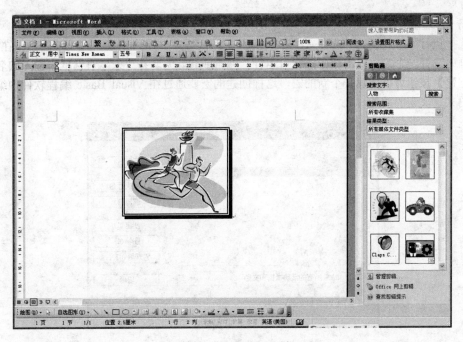

图 2-127　完成宏录制

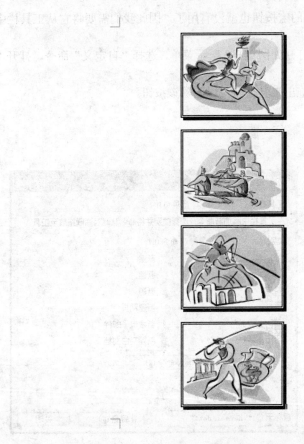

图 2-128　执行宏后的效果

3. 管理宏

选择执行"工具"→"宏"→"宏"命令，打开"宏"对话框，如图 2-129 所示。在"宏"对话框中选择一个宏，单击相应按钮可运行、编辑或删除宏。在"宏"对话框中输入宏名后单击【创建】按钮可以新建一个新的宏，这样创建的宏要通过在 Visual Basic 编程软件中编写程序代码来定义宏的功能。

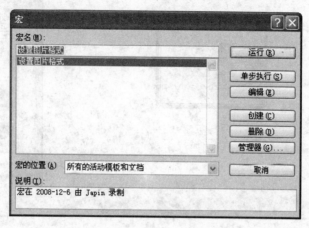

图 2-129 "宏"对话框

4. 删除宏按钮

当宏删除后，在工具栏上对应的宏按钮也就没有用了，因此我们需要将它从工具栏中删除掉。删除的方法如下：

① 在工具栏上单击鼠标右键打开如图 2-130 所示菜单，选择"自定义"命令，打开"自定义"对话框如图 2-131 所示；

② 用鼠标将要删除的宏按钮拖出工具栏就可以删除该按钮。

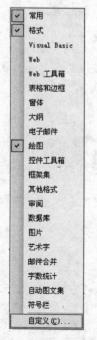

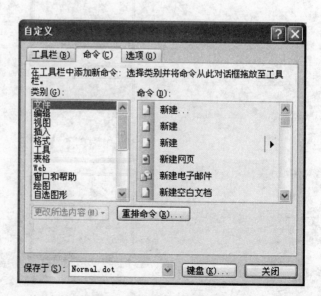

图 2-130 自定义工具栏快捷菜单

图 2-131 "自定义"对话框

习 题 2

1. 请参照所在院校的院系设置情况或所在单位的部门设置情况，在 Word 2003 中创建出相应的组织结构图。

2. 请参照图 2-132 创建毕业设计（论文）流程图。

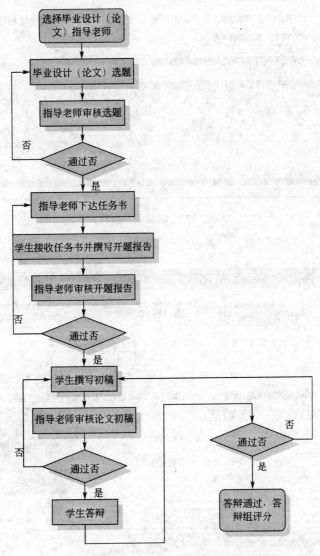

图 2-132 毕业设计（论文）流程图

3. 批量制作如图 2-133 所示的邀请函，保存为"邀请函.doc"。主文档是"信函"。页面设置为自定义大小 17*13cm，上页面距 1.5cm，下页面距 1cm，左右页面距 1.5cm，各格式设置如图 2-134所示。

4. 根据附录 1《浙江长征职业技术学院毕业论文格式要求》，基于文档"民工对城市社会的影响.doc"，制作一篇毕业论文模板。

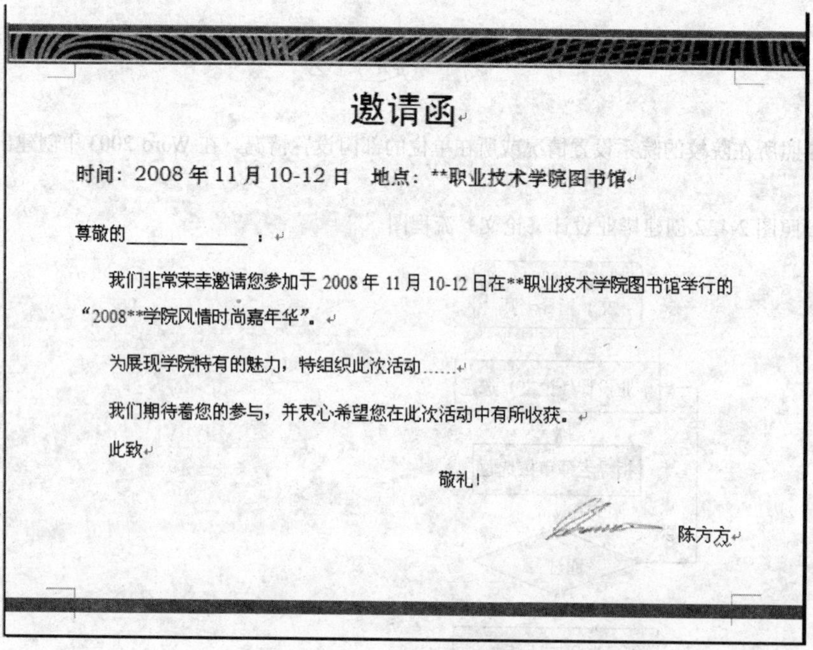

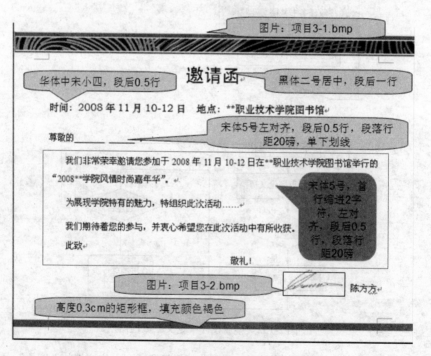

图 2-133　邀请函主文档

图 2-134　格式设置

5. 创建一个用于设置段落格式的宏，宏名为"设置段落格式"，将宏指定到工具栏上，具体格式为：左缩进4字符，首行缩进2字符，行距固定值22磅。然后在其他段落上应用该宏命令。

第 3 章　Excel 2003 电子表格

　　Microsoft Excel 2003 是微软公司推出的一个功能强大的电子表格制作和数据处理软件。它不仅具有友好的操作界面、直观的图形菜单和图标按钮，而且还可以很方便地对数据、公式、函数和图像进行处理，能够像数据库一样对表格中的数据进行各种复杂的计算，是表格与数据库的完美结合。本章针对 Excel 以上这些功能特点，分 3 个项目以实例的形式介绍了 Excel 的函数、图表以及数据分析在实际中的应用。

　　项目一　Excel 基本操作——报价单制作　介绍 Excel 2003 的基础知识和部分高级应用技巧，包括：样式和模板的应用，函数的功能与使用，分割、冻结窗口，数据的排序、筛选及分类汇总等内容。

　　项目二　函数的应用及数据透视表——销售公司业绩分析　通过数据分析在销售公司业绩分析中的应用，介绍有关数据透视表的创建和编辑，设置数据透视表的格式以及数据透视表的各种操作等内容。

　　项目三　动态图表——产品销售图制作　介绍动态图表在产品销售信息中的应用。

项目一 Excel 基本操作——报价单制作

项目目标

1. 理解样式、模板的概念，能新建、修改、应用样式，能创建并使用模板。
2. 学会使用 Excel 的函数和公式。
3. 学会利用自动筛选、高级筛选等功能来筛选数据列表。
4. 掌握排序数据列表，创建分类汇总。

项目综述

小王是天翼公司的员工，这天他接到老板的通知，要为公司的一个客户——博雅科技发展有限公司制作一份报价单。在这份报价单中要有具体的报价日期、双方公司的具体联系方式、注意事项以及要记载每位售货员的发货和付款方式，最后还要对销售产品的数量、应税进行统计。那么，小王是如何利用 Excel 来实现这份内容复杂的报价单的呢？

相关知识点

1．自动套用格式

自动套用格式是指把已有的格式自动套用到用户指定的区域。通常，为了使表格看上去更加美观，都需要为表格设置格式，但这样也需要一定的时间。Excel 2003 提供了一套精美的制表样式，用户可以轻松地套用到自己的工作表中去。

2．样式

样式是应用于单元格格式的组合，在 Excel 表格中使用了一种样式，就等于采用了样式中的所有格式，其中可以包含数字格式、对齐格式、字体、边框和图案等。

3．模板

模板是包含指定内容和格式的工作簿，它可以作为模型使用以创建其他类似的工作簿。在模板中可包含格式、样式、标准的文本（如页眉和行列标志）和公式等。使用模板可以简化工作并节约时间，从而提高工作效率。

4．函数基础知识

函数是在公式中使用的一种内部工具，是一些预定义的公式。

典型的函数一般可以用一个或多个参数，并能返回一个结果，函数的一般结构是：

函数名（参数 1，参数 2 …）

其中"函数名"是函数的名称，每一个函数都有其惟一可被识别的名称。函数中的参数可以是名称、单元格（或单元格区域）、文字值、表达式、其他函数或数组等，参数的个数根据不同的函数而不同，有的函数也可以不带参数、带一个参数、带固定数量的参数、带不固定数量的参数或带可选参数。

制作报价单时用到了以下函数和公式。

（1）TODAY 函数

语法：TODAY()

功能：返回当前日期的系列数。

（2）LOOKUP 函数

函数 LOOKUP 有两种语法形式：向量和数组。

提示：通常情况下，最好使用函数 HLOOKUP 或函数 VLOOKUP 来替代函数 LOOKUP 的数组形式。

语法：向量形式

LOOKUP(lookup_value, lookup_vector, result_vector)

lookup_value 为函数 LOOKUP 在第一个向量中所要查找的数值。lookup_value 可以为数字、文本、逻辑值或包含数值的名称或引用。

lookup_vector 为只包含一行或一列的区域。lookup_vector 的数值可以为文本、数字或逻辑值。

要点：lookup_vector 的数值必须按升序排序，…、-2、-1、0、1、2、…、A-Z、FALSE、TRUE；否则，函数 LOOKUP 不能返回正确的结果。文本不区分大小写。

result_vector 只包含一行或一列的区域，其大小必须与 lookup_vector 相同。

如果函数 LOOKUP 找不到 lookup_value，则查找 lookup_vector 中小于或等于 lookup_value 的最大数值。

如果 lookup_value 小于 lookup_vector 中的最小值，函数 LOOKUP 返回错误值#N/A。

功能：返回向量（单行区域或单列区域）或数组中的数值。

（3）SUM 求和函数

语法：SUM(number1, number2, …)

功能：返回参数对应的数值的和。

（4）SUMIF 条件求和函数

语法：SUMIF(range, criteria, sum_range)

功能：根据指定条件对若干单元格求和。

5．数据筛选操作

数据筛选指的是从工作表中筛选出符合条件的数据表行记录。其主要功能是将数据清单中满足条件的记录显示出来，而将不满足条件的记录暂时隐藏。

6．数据分类汇总操作

分类汇总是对数据清单中的数据进行管理的重要工具，它可以快速地汇总各项数据，但需要注意的是，在进行分类汇总之前，需要先对数据进行排序。

7．保护工作簿、工作表和单元格

保护工作簿和工作表是指对工作簿和工作表进行设置，保护工作簿和工作表，限制对工作簿和工作表的访问。Excel 提供了多种方式，用来对用户如何查看或改变工作簿和工作表中的数据进行限制。利用这些限制，可以防止他人更改用户工作表中的部分或全部内容，查看隐藏的数据行或列，查阅公式等。利用这些限制，还可以防止他人添加或删除工作簿中的工作表，或者查看其中的隐藏工作表。

单元格的保护与工作表的保护联系在一起，只有当工作表处于保护状态时，单元格才可能处于保护状态，因为在 Excel 中每一个单元格都有特定的格式，在这些格式中有保护属性，该保护属性有两个可同时选中的复选框，即"锁定"和"隐藏"。选择"格式"→"单元格"命令，弹出"单元格格式"对话框，单击"保护"标签，打开如图 3-1 所示的"保护"选项卡，从中可以设置这两个属性选项，设置后单击【确定】按钮。

实现方法及步骤

在本项目中，我们将介绍如何使用 Excel 完成报价单的制作，大家一起来做一做吧。

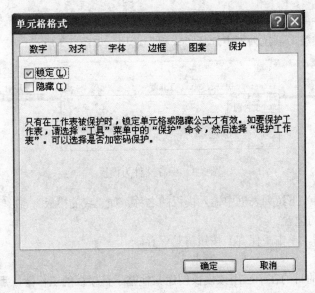

图 3-1　"保护"选项卡

1．使用模板

（1）创建新模板

通常，创建模板都是先创建一个工作簿，然后在工作簿中按要求将其中的内容进行格式化，然后再将工作簿另存为模板形式，便于以后调用。下面是创建报价单模板的过程。

① 新建一个空白工作簿。

② 在工作簿的工作表中输入模板的文本、格式、公式等项目，如图 3-2 所示。

	A	B	C	D	E	F	G	H	I
1		天翼公司报价单							
2									
3									
4									
5		天津市南开区鞍山西道888号					报价日期		
6		300000					报价单号		
7		bookyard@tres.tj.cn					报价有效期至		
8									
9		特为下面客户报价							
10		博雅科技发展有限公司							
11		李辉							
12		022-88888888							
13									
14		特别注意事项：		〈请输入特别注意事项〉					
15									
16									
17		售货员		发货日期	发货方式		付款方式		
18									
19									
20		序号	产品编号	名称	数量	单价	说明	应税	
21									
22									
23									
24									
25							小计	0	
26		如您有任何疑问，请即联络本公司。					税率	0.17	
27							税额	0	
28							其他费用	0	
29		祝事业兴旺发达！					合计	0	
30									

图 3-2　报价单模板

③ 选择"文件"→"另存为"命令，打开"另存为"对话框。

④ 在"保存类型"下拉列表中选择"模板"选项，如图 3-3 所示。

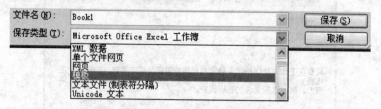

图 3-3 保存文件为模板

⑤ 在"文件名"下拉列表框中输入模板的名称，如"我的模板"，在"保存位置"下拉列表中选择模板存放的位置。

⑥ 设置完成后，单击【保存】按钮将其保存。

（2）应用模板

用户创建模板的目的在于应用该模板创建其他基于该模板的工作簿，那么在使用的时候，可以单击"文件"→"新建"选项，在界面的右侧出现"新建工作簿"任务窗格中的"本机上的模板"选项，如图 3-4 所示，打开"模板"对话框，在"常用"选项卡中，双击用户自己创建的模板即可。

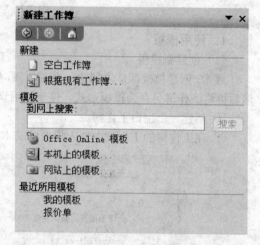

图 3-4 新建工作簿

2．格式化工作表

（1）设置单元格格式

在通常情况下，单元格的默认格式并不能满足用户的要求，这时候用户可以根据需要自己设置单元格的格式。格式设置的目的就是使表格更规范，看起来更有条理、更清楚。

经格式化的报价单其效果图如图 3-5 所示，具体操作步骤如下。

① 设置 B1：G1 单元格。先选定 B1：G1，要设置格式的单元格或单元格区域，然后用鼠标选择"格式"菜单中的"单元格"，在弹出的"单元格格式"对话框中，选择"对齐"选项卡。在"文本对齐方式"区域中选择水平和垂直对齐方式，在"文本控制"区域中选择"合并单元格"，如图 3-6 所示，最后单击【确定】按钮结束操作。

② 为 B1：G1 单元格区域添加图案。先选定 B1：G1 单元格区域，在弹出的"单元格格式"对话框中，选择"图案"选项卡。设置单元格底纹颜色，选择"淡紫"色，如图 3-7 所示，最后单击【确定】按钮结束操作。

③ 用与上述相同的方法，设置 B17：G17 和 B18：G18 单元格区域。先选定 B17：G17 单元格区域，选择"格式"→"单元格"中的"图案"选项卡，设置单元格底纹颜色，选择"灰色−25%"色。此外，再选中 B17：G18 单元格区域，在弹出的"单元格格式"对话框中，选择"边框"选项卡，分别设置线条样式，添加如图 3-8 所示的边框区域，最后单击【确定】按钮即可生效。

④ 设置 B20：G35 单元格区域。先选定 B20：G35 单元格区域，选择"格式"→"单元格"中的"图案"选项卡，设置单元格底纹颜色，选择"黑色"，切换到"字体"选项卡，如图 3-9

所示, 在颜色选项中设置字体颜色为白色。此外, 再选定 B20：G35 单元格区域, 在弹出的"单元格格式"对话框中, 选择"边框"选项卡。分别设置线条样式, 添加如图 3-8 所示的边框区域, 再单击选择"对齐"选项卡。在"文本对齐方式"区域中选择水平对齐方式为"居中"和垂直对齐方式为"居中"。然后, 选定 E21：E35 和 G21：G35 单元格区域, 在弹出的"单元格格式"对话框中, 选择"数字"选项卡, 如图 3-10 所示, 在"分类"框中选择"数值"的显示样式, 选择小数位数为 2, 再选择"货币"的显示样式, 在货币符号(国家/地区)下拉列表中, 选择人民币符号, 最后单击【确定】按钮结束操作。

图 3-5　报价单效果图

此外, 在 B21：G35 单元格所组成的表格中输入相应的数据, 如图 3-11 所示。

在输入数据时, 若要独立地显示并滚动工作表中的不同部分, 可以使用拆分窗口功能。拆分窗口时, 选定要拆分的某一单元格位置, 选择"窗口"→"拆分"命令, 这时 Excel 自动在单元格处将工作表拆分为 4 个独立的窗口, 我们可以通过鼠标移动工作表上出现的拆分框, 以调整各窗口的大小。一旦执行了"拆分"命令, 则"窗口"菜单中的"拆分"命令更改变为"取消拆分"命令, 如果不再使用拆分的窗口, 可以通过该命令将其撤消。

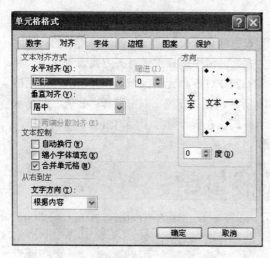

图 3-6 "对齐"选项卡

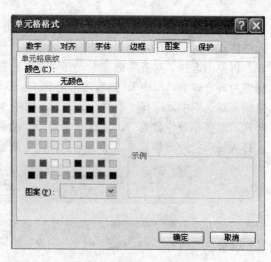

图 3-7 "图案"选项卡

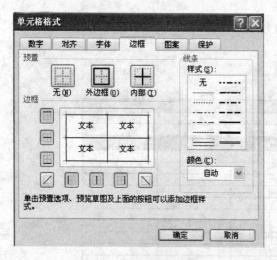

图 3-8 "边框"选项卡

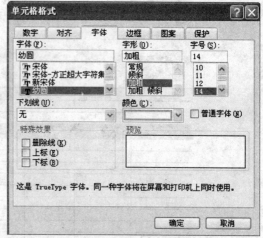

图 3-9 "字体"选项卡

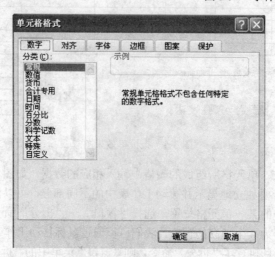

图 3-10 "数字"选项卡

序号	名称	数量	单价	说明	应税
1	C2919PK	10			
2	810BK	10			
3	C3518P	5			
4	C3518P	4			
5	810BK	2			

图 3-11　输入数据后的表格

在输入数据时，若数据比较多，若要在工作表滚动时保持行列标志或其他数据可见，可以选择"窗口"→"冻结窗口"命令来冻结窗口的顶部和左侧区域，窗口中被冻结的数据区域（窗格）不会随工作表的其他部分一同移动，并能够始终保持可见，拖动垂直的滚动条，可以看到列标题不随着滚动条的移动而移动；同样地，拖动水平滚动条，可以看见行标题不随着滚动条的移动而移动。

⑤ 用同样的方法，设置 B9:C9 和 B14 单元格区域，在字形选项中设置字形为加粗。设置 B37:E37 和 B40:E40 单元格区域，颜色分别设置为"蓝色"和"红色"，字形设为加粗。

⑥ 设置 G36:G40 单元格区域，选定 G36:G40 单元格区域，在弹出的"单元格格式"对话框中，选择"边框"选项卡，分别设置线条样式。再选定 G36、G38 和 G40 单元格，在弹出的"单元格格式"对话框中，选择"图案"选项卡，设置单元格底纹颜色，选择"浅蓝"色。最后选定 G36、G38、G39 和 G40 单元格，在弹出的"单元格格式"对话框中，选择"数字"选项卡，选择"货币"的显示样式，在货币符号（国家/地区）下拉列表中，选择人民币符号，最后单击【确定】按钮结束操作。

按照上述操作，格式化工作表全部设置完毕。

（2）使用自动套用格式

具体操作步骤为：选定包含数据的单元格区域，单击"格式"→"自动套用格式"命令，弹出如图 3-12 所示对话框，选定一种适当的格式，然后单击【确定】按钮即可。

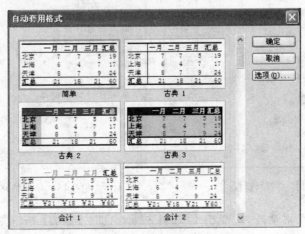

图 3-12　"自动套用格式"对话框

（3）在 Excel 中使用样式

① 选定需要应用样式的单元格区域，假若选定 B21:G23 单元格区域，单击菜单栏中的"格式"→"样式"命令，如图 3-13 所示。

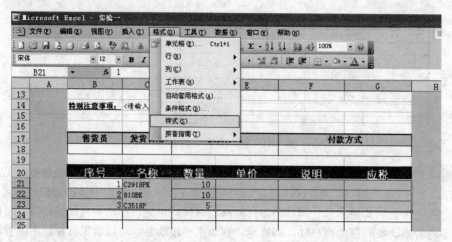

图 3-13　单击"格式"→"样式"命令

　　② 在打开的"样式"对话框中的"样式名"文本框中输入"自定义 1"，在"包括样式（例子）"区域中选中需要包括的样式，然后单击【修改】按钮，如图 3-14 所示。

　　③ 弹出"单元格格式"对话框，如图 3-15 所示，单击"边框"标签切换到"边框"选项卡中，从"线条"区域"样式"列表中选择线条样式，从"颜色"下拉列表中选择颜色，然后单击【外边框】按钮。单击"图案"标签切换到"图案"选项卡中，在"颜色"区域中单击所要填充的颜色。对"数字"、"对齐"和"字体"选项卡分别进行相应的设置，比如对齐方式为"居中"，字号为 12，然后单击【确定】按钮。

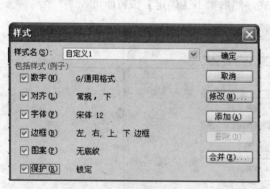

图 3-14　"样式"对话框

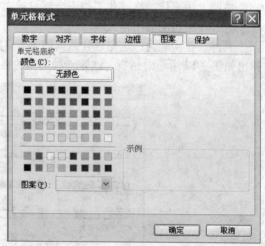

图 3-15　单元格格式对话框

　　④ 返回"样式"对话框中，单击【添加】按钮，此时【添加】按钮变成灰色，如图 3-16 所示，单击【确定】按钮关闭对话框，应用自定义样式"自定义 1"后的单元格区域如图 3-17 所示。

3．使用公式和函数

　　① 在 G5 单元格中输入"＝today()"来获取当前的系统日期。输入公式后的效果如图 3-18 所示。

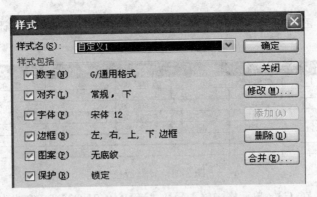

图 3-16　返回"样式"对话框

序号	名称	数量	单价	说明	应税
1	C2919PK	10			
2	810BK	10			
3	C3518P	5			
4	C3518P	4			
5	810BK	2			

图 3-17　应用样式后的效果

　② 在此工作簿中再插入一张新的工作表，名称为"产品"，存放具体的产品信息。如图 3-19 所示，返回到"报价单"工作表。

天翼公司报价单

天津市南开区鞍山西道888号
300000
bookyard@tres.tj.cn

报价日期　2008-11-29
报价单号
报价有效期至

	A	B	C
1	330BK	¥1,220	
2	810BK	¥1,120	
3	820BK	¥980	
4	830BK	¥920	
5	C2919PK	¥5,300	
6	C2919PV	¥5,260	
7	C2991E	¥4,020	
8	C3518P	¥6,600	
9			
10			

图 3-18　获取系统日期　　　　　**图 3-19　"产品"工作表**

　③ 计算单价。在 E21 单元格中输入"=LOOKUP(C21，产品!$A$1:$A$78，产品!$B$1：$B$78)"，获取产品信息。然后把鼠标放到填充柄上，向下拖拉即可。如图 3-20 所示。

序号	名称	数量	单价	说明	应税
1	C2919PK	10	¥　5,300.00		
2	810BK	10	¥　1,120.00		
3	C3518P	5	¥　6,600.00		
4	C3518P	4	¥　6,600.00		
5	810BK	2	¥　1,120.00		

图 3-20　计算单价

④ 计算应税。在 G21 单元格中输入公式"=D21*E21"，完成应税的计算。最后结果如图 3-21 所示。

序号	名称	数量	单价	说明	应税
1	C2919PK	10	¥ 5,300.00		¥ 53,000.00
2	810BK	10	¥ 1,120.00		¥ 11,200.00
3	C3518P	5	¥ 6,600.00		¥ 33,000.00
4	C3518P	4	¥ 6,600.00		¥ 26,400.00
5	810BK	2	¥ 1,120.00		¥ 2,240.00

图 3-21　计算应税

⑤ 计算小计。在 G36 单元格中输入函数"=SUM(G21:G35)"，完成小计的计算。结果如图 3-22 所示。

序号	名称	数量	单价	说明	应税
1	C2919PK	10	¥ 5,300.00		¥ 53,000.00
2	810BK	10	¥ 1,120.00		¥ 11,200.00
3	C3518P	5	¥ 6,600.00		¥ 33,000.00
4	C3518P	4	¥ 6,600.00		¥ 26,400.00
5	810BK	2	¥ 1,120.00		¥ 2,240.00

如您有任何疑问，请即联络本公司。

小计	¥ 125,840.00
税率	17.00%

图 3-22　计算小计

再选定"税率"G38 单元格，在弹出的"单元格格式"对话框中，选择"数字"选项卡，在"分类"框中选择"百分比"的显示样式，选择小数位数为 2，如图 3-23 所示，再在此单元格中输入 17.00%。

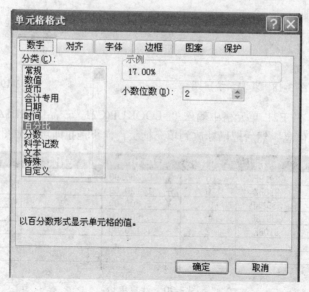

图 3-23　百分比的设置

⑥ 计算税额。在 G38 单元格中输入公式 "=G37*SUMIF(F21:F35，"T"，G21:G35)"，完成税额的计算。其结果如图 3-24 所示。

序号	名称	数量	单价	说明	应税
1	C2919PK	10	￥ 5,300.00		￥ 53,000.00
2	810BK	10	￥ 1,120.00		￥ 11,200.00
3	C3518P	5	￥ 6,600.00		￥ 33,000.00
4	C3518P	4	￥ 6,600.00		￥ 26,400.00
5	810BK	2	￥ 1,120.00		￥ 2,240.00
				小计	￥ 125,840.00
如您有任何疑问，请即联络本公司。				税率	17.00%
				税额	￥　－

图 3-24　计算税率

⑦ 计算合计。在 G39 单元格中输入费用，然后在 G40 单元格中输入公式 "=G36+G38+G39"，完成合计的计算。其结果如图 3-25 所示。

序号	名称	数量	单价	说明	应税
1	C2919PK	10	￥ 5,300.00		￥ 53,000.00
2	810BK	10	￥ 1,120.00		￥ 11,200.00
3	C3518P	5	￥ 6,600.00		￥ 33,000.00
4	C3518P	4	￥ 6,600.00		￥ 26,400.00
5	810BK	2	￥ 1,120.00		￥ 2,240.00
				小计	￥ 125,840.00
				税率	17.00%
如您有任何疑问，请即联络本公司。				税额	￥　－
				其他费用	￥　－
祝事业兴旺发达！				合计	￥ 125,840.00

图 3-25　计算合计

4. 数据筛选、排序和分类汇总

（1）数据筛选

① 自动筛选。选定 "名称" 和 "数量" 两个单元格，单击菜单栏 "数据" → "筛选" → "自动筛选" 选项，如图 3-26 所示，实现对名称和数量的自动筛选功能。其结果如图 3-27 所示。

② 高级筛选。利用高级筛选，筛选出单价大于 6000 的产品信息。在工作表中创建需要的条件区域。一般为两行，第 1 行为数据清单中的字段的名称，第 2 行为筛选条件。条件区域与数据清单之间要留有空行或空间。首先单击菜单栏 "数据" → "筛选" → "自动筛选" 选项，删除自动筛选功能，然后在 E10 和 E11 单元格中分别输入 "单价" 和 ">6000"，如图 3-28 所示。

Microsoft Excel - 实验一

文件(F) 编辑(E) 视图(V) 插入(I) 格式(O) 工具(T) 数据(D) 窗口(W) 帮助(H)

幼圆 ▼ 14 ▼ **B** *I* U 排序(S)… 自动筛选(F)

C20 ▼ fx 名称 筛选(F) ▶ 全部显示(S)

记录单(O)… 高级筛选(A)

分类汇总(B)…

有效性(L)…

数据透视表和数据透视图(P)…

列表(I) ▶

XML(X) ▶

	A	B	C	D		
16						
17		售货员	发货日期		款方式	
18						
19						
20		序号	名称	数量		应税
21		1	C2919PK	10		¥ 53,000.00
22		2	810BK	10		¥ 11,200.00
23		3	C3518P	5	¥ 6,600.00	¥ 33,000.00
24		4	C3518P	4	¥ 6,600.00	¥ 26,400.00
25		5	810BK	2	¥ 1,120.00	¥ 2,240.00

图 3-26　自动筛选操作

序号	名称 ▼	数量 ▼	单价	说明	应税
1	C2919PK	10	¥ 5,300.00		¥ 53,000.00
2	810BK	10	¥ 1,120.00		¥ 11,200.00
3	C3518P	5	¥ 6,600.00		¥ 33,000.00
4	C3518P	4	¥ 6,600.00		¥ 26,400.00
5	810BK	2	¥ 1,120.00		¥ 2,240.00

图 3-27　自动筛选结果

特为下面客户报价

博雅科技发展有限公司	单价
李辉	>6000
022-88888888	

特别注意事项：〈请输入特别注意事项〉

售货员	发货日期	发货方式	付款方式

序号	名称	数量	单价	说明	应税
1	C2919PK	10	¥ 5,300.00		¥ 53,000.00
2	810BK	10	¥ 1,120.00		¥ 11,200.00
3	C3518P	5	¥ 6,600.00		¥ 33,000.00

图 3-28　创建条件区域

选定数据清单中的任意单元格，单击菜单栏中的"数据"→"筛选"→"高级筛选"命令打开"高级筛选"对话框。如图 3-29 所示。如果希望筛选结果显示在原有区域，请在"方式"区域选中【在原有区域显示筛选结果】单选按钮；如果希望筛选结果复制到其他位置，请选中【将筛选结果复制到其他位置】单选按钮，此时"复制到"选项将被激活。这里选择前一个选项。单击"列表区域"框右侧的单元格引用按钮选择列表区域，即选择 E20:E25 区域，如图 3-30 所示。再单击按钮返回"高级筛选"对话框。

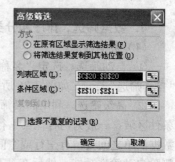

图 3-29　"高级筛选"对话框

单击"条件区域"框右侧的单元格引用按钮  选择条件区域。即选择 E10:E11 区域，如图 3-31 所示。再单击 按钮返回"高级筛选"对话框。

图 3-30 选定列表区域   图 3-31 选定条件区域

如果希望筛选的是不重复记录，请选中"选择不重复的记录"复选框。

最后单击【确定】按钮，筛选结果如图 3-32 所示。

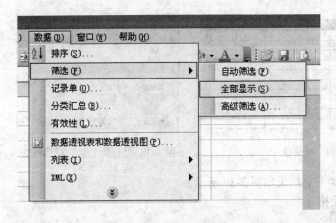

图 3-32 高级筛选结果

若要删除高级筛选结果，单击"数据"→"筛选"→"全部显示"选项，如图 3-33 所示。

（2）数据排序

排序是进行数据操作的基本功能之一，对 Excel 数据清单中的数据可以按照一定的顺序对它们进行排序操作。假如要按"序号"降序进行排列。把鼠标定位到表中的某个单元格中，单击菜单栏的"数据"→"排序"命令打开"排序"对话框，在"主要关键字"下拉列表中选择"序号"，并选中【降序】单选按钮，如图 3-34 所示。如果数据区域中有标题行，请在"我的数据区域"区域选中【有标题行】单选按钮，否则请选中"无标题行"，单击【确定】按钮。

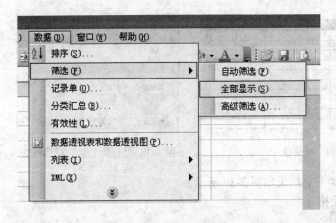

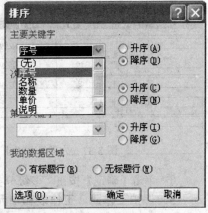

图 3-33 数据全部显示   图 3-34 "排序"对话框

（3）分类汇总

假如需要按名称对各个产品的应税进行分类汇总，首先应对表格中的数据按名称进行排序，然后再进行两级分类汇总，其操作步骤如下。

① 单击菜单栏中的"数据"→"排序"命令打开"排序"对话框，设置"主要关键字"为"名称"，按升序排列。如图 3-35 所示。

② 单击菜单栏中的"数据"→"分类汇总"命令打开"分类汇总"对话框，从"分类字段"下拉列表中选择"名称"选项，从"汇总方式"下拉列表中选择"求和"，在"选定汇总项"列表框中选中"应税"复选框。如图 3-36 所示。

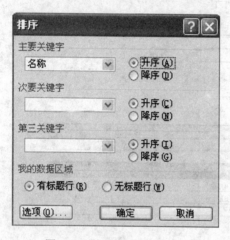

图 3-35　按"名称"排序

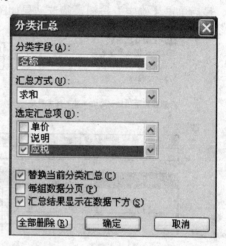

图 3-36　"分类汇总"对话框 1

③ 单击【确定】按钮，完成对各产品应税的分类汇总，汇总结果将显示在数据的下方。效果如图 3-37 所示。

④ 再次单击菜单栏中的"数据"→"分类汇总"命令打开"分类汇总"对话框，从"分类字段"下拉列表框中选择"名称"，从"汇总方式"下拉列表中选择求"平均值"，在"选定汇总项"列表框选中"应税"复选框，然后清除"替换当前分类汇总"复选框，如图 3-38 所示。

序号	名称	数量	单价	说明	应税
2	810BK	10	￥ 1,120.00		￥ 11,200.00
5	810BK	2	￥ 1,120.00		￥ 2,240.00
	810BK 汇总				￥ 13,440.00
1	C2919PK	10	￥ 5,300.00		￥ 53,000.00
	C2919PK 汇总				￥ 53,000.00
3	C3518P	5	￥ 6,600.00		￥ 33,000.00
4	C3518P	4	￥ 6,600.00		￥ 26,400.00
	C3518P 汇总				￥ 59,400.00
	总计				￥ 125,840.00

图 3-37　分类汇总"求和"结果图

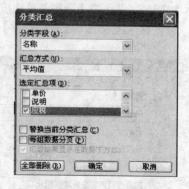

图 3-38　"分类汇总"对话框 2

⑤ 单击【确定】按钮，多级分类汇总结果如图 3-39 所示。

5. 保护工作簿、工作表和单元格

（1）设置工作簿或工作表锁定保护

下面介绍对报价单设置工作表或工作簿进行锁定保护的方法。

序号	名称	数量	单价	说明	应税
1	C2919PK	10	￥ 5,300.00		￥ 53,000.00
	C2919PK 汇总				￥ 53,000.00
	C2919PK 平均值				￥ 53,000.00
2	810BK	10	￥ 1,120.00		￥ 11,200.00
	810BK 汇总				￥ 11,200.00
	810BK 平均值				￥ 11,200.00
3	C3518P	5	￥ 6,600.00		￥ 33,000.00
4	C3518P	4	￥ 6,600.00		￥ 26,400.00
	C3518P 汇总				￥ 59,400.00
	C3518P 平均值				￥ 29,700.00
5	810BK	2	￥ 1,120.00		￥ 2,240.00
	810BK 汇总				￥ 2,240.00
	810BK 平均值				￥ 2,240.00
	总计				￥ 125,840.00
	总计平均值				￥ 25,168.00

图 3-39 多级分类汇总结果

① 选择"工具"→"保护"命令，在弹出的子菜单中选择"保护工作簿"、"保护工作表"或者"保护共享工作簿"命令。如果选择"保护工作表"命令，弹出如图 3-40 所示的"保护工作表"对话框，从中设置要保护的选项；如果选择"保护共享工作簿"命令，弹出如图 3-41 所示的对话框，从中选中"以追踪修订方式共享"复选框；如果选择"保护工作簿"命令，弹出如图 3-42 所示的"保护工作簿"对话框，从中选择所要保护的选项。

② 无论选择哪一个命令，均应在对话框的"密码"文本框中输入密码。

③ 最后单击【确定】按钮。

对报价单设置了保护后，当别人对其内容进行修改后，将弹出如图 3-43 所示的提示框，提示该工作表受保护，要想修改被保护工作表的内容，需要撤消工作表保护。

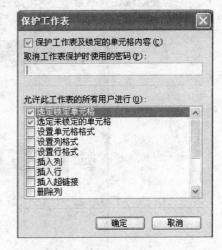

图 3-40 "保护工作表"对话框

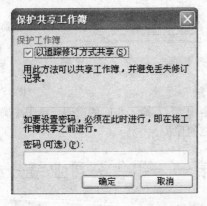

图 3-41 "保护共享工作簿"对话框

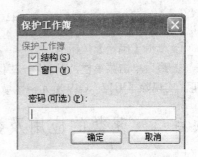

图 3-42 "保护工作簿"对话框

要撤消对工作表和工作簿的保护，则选择"工具"→"保护"命令，从弹出的子菜单中分别选择"撤消保护工作表"、"撤消保护工作簿"或者"撤消对共享工作簿的保护"命令，如果在前面设置保护时输入了密码，则此时必须输入正确的密码才能撤消保护。

图 3-43　提示对话框

（2）保护单元格和隐藏公式

假如在报价单中，除了 B17：G19 单元格区域外，要设置对其他单元格区域的保护，操作步骤如下：

① 选中 B17：G19 单元格区域，单击菜单栏上的"格式"→"单元格"命令，弹出"单元格格式"对话框；

② 单击"保护"选项卡，然后清除"锁定"复选框，把"锁定"前复选框中的勾去掉；

③ 若要隐藏任何不希望显示的公式，则选择具有公式的单元格，单击"格式"菜单上的"单元格"，再单击"保护"选项卡，然后选中"隐藏"复选框，如图 3-44 所示；

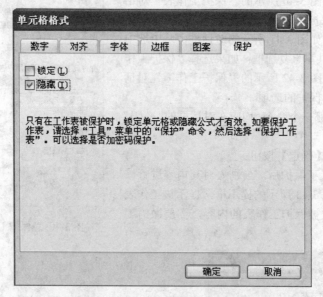

图 3-44　设置后的"保护"选项卡

④ 单击【确定】按钮；

⑤ 最后单击菜单栏"工具"→"保护"→"保护工作表"，输入相应的密码，单击【确定】按钮，实现除了 B17：G19 单元格区域外，对其他区域的保护。

项目二　函数的应用及数据透视表——销售公司业绩分析

项目目标

1. 掌握函数与公式的使用。
2. 了解数据透视表的基本概念，能创建数据透视表，并能够根据创建的数据透视表组织和统计数据。

3. 掌握外部数据导入与导出。

项目综述

小李在达成销售公司工作，他负责搜集公司经营产品的销售或者其他商业活动的数据，并对其进行分析和处理，提供有效的信息以供公司对市场做出准确的判断。由于该公司销售资料本身很复杂，而且数据每天都在不断更新，所以他的工作量非常大。小李下决心找到一种高效的方法来解决对数据进行快速汇总和交叉制表的问题。

那么，小李的问题该如何解决呢？我们可以使用 Excel 中的数据透视表来做这项工作。下面我们以销售公司的业绩分析为例，看一下数据透视表是如何大显身手的……

相关知识点

1. 数据透视表

数据透视表是一种对大量数据（包括 Excel 的外部数据）进行快速汇总和交叉制表的交互式表格。在使用数据透视表向导创建数据透视表时，可以指定感兴趣的字段，指定表格如何组织、执行什么样的计算等。建立表格后可以对其进行重排，以便从不同角度观察数据。

2. 公式和函数的应用

（1）单元格地址的引用

随着公式位置的变化，所引用单元格位置也在变化的是相对引用；而随着公式位置的变化，所引用单元格位置不变化的就是绝对引用。

下面我们来比较一下 "C4"、"$C4"、"C$4" 和 "$C$4" 之间的区别。

在一个工作表中，在 C4、C5 中的数据分别是 60、50。如果在 D4 单元格中输入 "=C4"，那么将 D4 向下拖动到 D5 时，D5 中的内容就变成了 50，里面的公式是 "=C5"；将 D4 向右拖动到 E4，E4 中的内容是 60，里面的公式变成了 "=D4"。如图 3-45 所示。

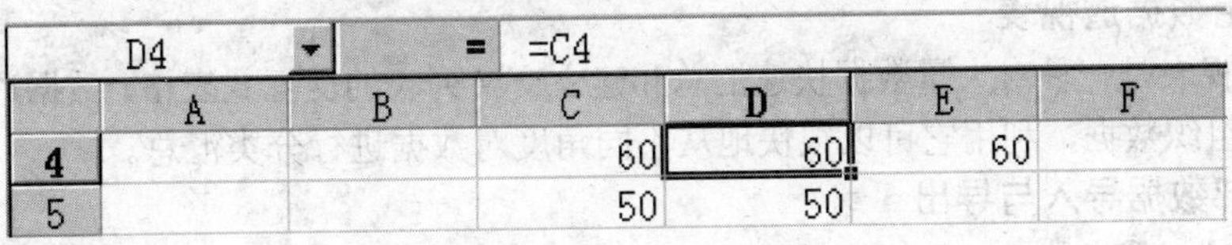

图 3-45 相对引用

现在在 D4 单元格中输入 "=$C4"，将 D4 向右拖动到 E4，E4 中的公式还是 "=$C4"；而向下拖动到 D5 时，D5 中的公式就成了 "=$C5"。如图 3-46 所示。

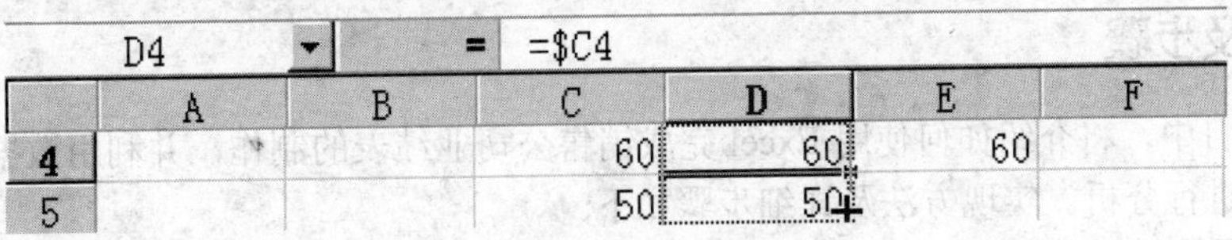

图 3-46 混合引用

如果在 D4 单元格中输入 "=C$4"，那么将 D4 向右拖动到 E4 时，E4 中的公式变为 "=D$4"；而将 D4 向下拖动到 D5 时，D5 中的公式还是 "=C$4"。如图 3-47 所示。

如果在 D4 单元格中输入 "=$C$4"，那么不论将 D4 向哪个方向拖动，自动填充的公式都是 "=$C$4"。原来谁前面带上了 "$" 号，在进行拖动时谁就不变。如果都带上了 "$"，在拖动时两个位置都不能变。如图 3-48 所示。

D5	▼		=	=C$4	
	A	B	C	D	E	F
4			60	60	60	
5			50	60		

图 3-47　混合引用

D5	▼		=	=$C$4	
	A	B	C	D	E	F
4			60	60	60	
5			50	60		

图 3-48　绝对引用

规律：加上了绝对地址符"$"的列标和行号为绝对地址，在公式向旁边复制时不会发生变化；没有加上绝对地址符号"$"的列标和行号为相对地址，在公式向旁边复制时会跟着发生变化。混合引用时部分地址发生变化。

（2）使用名称

名称是工作簿中某些项目的标识符，用户在工作过程中可以为单元格、常量、图表、公式或工作表命名。如果某个项目被命名，就可以在公式或函数中通过该名称来引用它。

3．数据有效性

在通常情况下，可以向单元格中输入任意类型的数据。当在操作一个较大的工作表时，如果在数据输入完毕之后，仅凭人工去核对数据的正确性，不但无法提高工作效率，而且核对结果也不会太理想。因此，可以根据表格项目的数据类型或特点，事先设定单元格数据的有效性，在输入的过程中进行提示。

4．应用数据透视表

数据透视表是一种对大量数据快速汇总和建立交叉列表的交互式表格。数据透视表能帮助用户分析、组织数据，利用它可以很快地从不同角度对数据进行分类汇总。

5．外部数据导入与导出

数据的导入是指从 Excel 的外部数据源中检索数据，并将数据插入到 Excel 表的过程。通过导入数据，可以不必重复输入。也可以在每次更新数据源数据库时，自动通过数据源数据库中的数据来更新 Excel 报表和汇总数据。

数据的导出是指将 Excel 中的数据析取为某些用户指定格式的过程。

实现方法及步骤

在本项目中，将介绍如何使用 Excel 完成销售公司业绩表的制作，并利用数据透视表对销售公司业绩进行分析。实现方法及详细步骤如下。

1．单元格地址的引用

假如要制作销售公司业绩表，首先在工作簿中分别新建名称为"销售业绩"、"人员名单"和"产品与价格"三张工作表。在"销售业绩"工作表中输入如图 3-49 所示内容，在"人员名单"工作表中输入如图 3-50 所示内容，在"产品与价格"工作表中输入如图 3-51 所示内容。

2．设置数据有效性、使用名称及函数的应用

我们可以借助数据有效性这个功能，在销售业绩表的"销售部门"和"产品类别"两列中分别输入相应的数据，具体操作步骤如下。

	A	B	C	D	E	F	G	H	I
1	日期	销售部门	销售员	产品类别	产品编号	区域	单价	数量	金额
2	2003-10-2							23	
3	2003-10-2							62	
4	2003-10-2							32	
5	2003-10-2							50	
6	2003-10-3							39	
7	2003-10-3							20	
8	2003-10-3							55	
9	2003-10-4							72	
10	2003-10-4							78	
11	2003-10-4							31	
12	2003-10-4							53	
13	2003-10-4							33	
14	2003-10-4							61	
15	2003-10-5							32	
16	2003-10-5							67	
17	2003-10-5							30	
18	2003-10-5							27	
19	2003-10-5							43	
20	2003-10-6							27	
21	2003-10-6							55	
22	2003-10-6							48	
23	2003-10-6							42	
24	2003-10-6							60	
25	2003-10-6							45	
26	2003-10-9							29	
27	2003-10-9							23	
28	2003-10-9							30	
29	2003-10-9							70	
30	2003-10-10							38	
31	2003-10-10							58	

\\ 销售业绩 / 人员名单 / 产品与价格 /

就绪

图 3-49　"销售业绩"工作表

	A	B	C
1	王海强	萧潇	司徒春
2	高志毅	鲁帆	苏武
3	吴开	张悦群	魏晓彤
4	杜丝蓉	黄平	章中承
5	张严	章燕	涂咏虞
6	黄凯东	周良乐	薛利恒
7			

图 3-50　"人员名单"工作表

	A	B	C	D
1	C2919PK	￥5,300	330BK	￥1,220
2	C2919PV	￥5,260	810BK	￥1,120
3	C2991E	￥4,020	820BK	￥980
4	C3518P	￥6,600	830BK	￥920
5				

图 3-51　"产品与价格"工作表

（1）填充"销售部门"列

①　直接自定义序列。有时会在各列各行中都输入同样的几个值，比如，输入销售部门时只输入三个值：销售一部、销售二部、销售三部。我们希望 Excel 2003 单元格能够像下拉框一样，让输入者在下拉菜单中选择就可以实现输入。

具体操作步骤为：先选择要实现效果的"销售部门"列；再单击"数据"→"有效性"，如图 3-52 所示，打开"数据有效性"对话框；选择"设置"选项卡，在"允许"下拉菜单中选择"序列"；在"来源"中输入"销售一部,销售二部,销售三部"（注意要用英文输入状态下的逗号分隔）；选上"忽略空值"和"提供下拉箭头"两个复选框，单击【确定】按钮。如图 3-53 所示。最后在"销售部门"列相应的单元格中输入各个不同的部门。

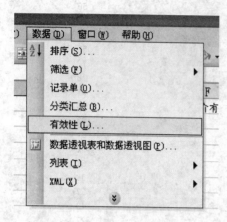

图 3-52 数据有效性操作

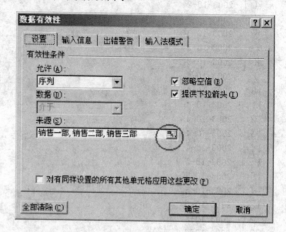

图 3-53 "数据有效性"对话框

② 利用表内数据作为序列源。有时候序列值较多，直接在表内打印区域外把序列定义好，然后引用。

具体操作步骤为：先在同一工作表内的打印区域外将定义序列填好（假设在在 Z1：Z3），如"销售一部，销售二部，销售三部"等，然后选择要实现效果的列；再单击"数据"→"有效性"，打开"数据有效性"对话框；选择"设置"选项卡，在"允许"下拉菜单中选择"序列"；"来源"栏单击右侧的展开按钮（如图 3-53 中红圈处），用鼠标拖动滚动条，选中序列区域 Z1：Z3（如果记得，可以直接输入=$Z$1:$Z$3；选上"忽略空值"和"提供下拉菜单"两个复选框；单击【确定】按钮。最后在"销售部门"列相应的单元格中输入各个不同的部门。

（2）填充"产品类别"列

我们也可以通过设置数据有效性，即直接自定义序列和利用表内数据作为序列源两种方法来实现填充"产品类别"列。具体操作步骤为：先选择要实现效果的"产品类别"列；再单击"数据"→"有效性"，打开"数据有效性"对话框；选择"设置"选项卡，在"允许"下拉菜单中选择"序列"；在"来源"中输入"电视机，影碟机"（注意要用英文输入状态下的逗号分隔）；选上"忽略空值"和"提供下拉箭头"两个复选框，如图 3-54 所示，单击【确定】按钮。最后在"产品类别"列相应的单元格中选择各类不同的产品。

（3）填充"销售员"列

在设置数据的有效性时，我们还可使用横跨两个工作表来制作下拉菜单。用 INDIRECT 函数实现跨工作表。具体操作步骤如下。

① 名称的使用。切换到"人员名单"工作表，单击菜单栏"插入"→"名称"→"定义"，弹出如图 3-55 所示对话框，在"当前工作簿中的名称"中输入"销售一部"，"引用位置"文本框中单击 图标，选择 A 列，再单击 图标，回到"定义名称"对话框中，单击【添加】按钮，用相同的方法添加"销售二部"、"销售三部"，最后单击【确定】按钮。

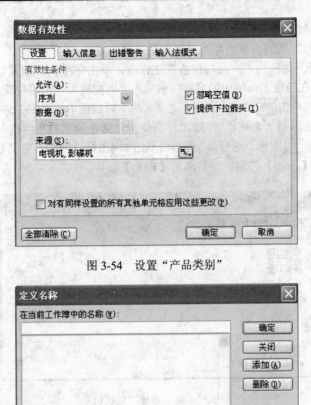

图 3-54 设置"产品类别"

图 3-55 "定义名称"对话框

② 设置数据有效性。切换到"销售业绩"工作表，选中 C2:C31 单元格区域，单击菜单栏"数据"→"有效性"，打开"数据有效性"对话框；选择"设置"选项卡，在"允许"下拉菜单中选择"序列"；在"来源"中输入"=INDIRECT（B2）"。如图 3-56 所示。这时若 B 列中选择"销售一部"，在 C 列选择时会自动出现销售一部人员的名称。单击下拉菜单，选择相应的人员填充单元格。

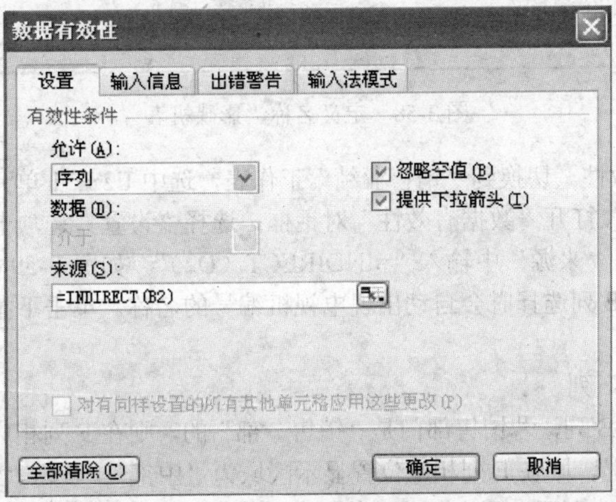

图 3-56 设置数据有效性

（4）填充"产品编号"列

填充"产品编号"列的方法与填充"销售员"列的方法一样。

① 名称的使用。切换到"产品与价格"工作表，单击菜单栏"插入"→"名称"→"定义"弹出对话框，"在当前工作簿中的名称"中输入"电视机"，"引用位置"文本框中单击[图标]图标，选择 A 列，再单击[图标]图标，回到"定义名称"对话框中，如图 3-57 所示，单击【添加】按钮，用相同的方法添加"影碟机"，即"在当前工作簿中的名称"中输入"影碟机"，"引用位置"文本框中单击[图标]图标，选择 C 列，再单击[图标]图标，回到"定义名称"对话框中，如图 3-58 所示，单击【添加】按钮，最后单击【确定】按钮。

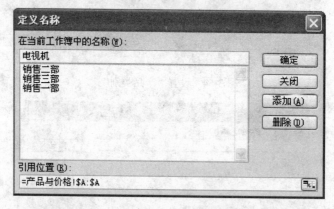

图 3-57　定义名称"电视机"

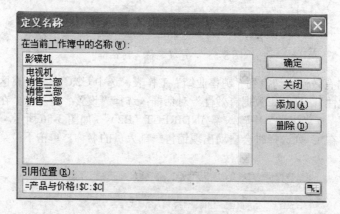

图 3-58　定义名称"影碟机"

② 设置数据有效性。切换到"销售业绩"工作表，选中 E2:E31 单元格区域，单击菜单栏"数据"→"有效性"，打开"数据有效性"对话框；选择"设置"选项卡，在"允许"下拉菜单中选择"序列"；在"来源"中输入"=INDIRECT（D2）"。如图 3-59 所示，这时 D 列中选择"电视机"后，在 E 列选择时会自动出现电视机编号的名称。单击下拉菜单，选择相应的编号填充单元格。

（5）填充"区域"列

假如要实现判断 B 列，若销售部门是"销售一部"的，则在 F 列相应位置显示区域为"北部"；若是"销售二部"，则在 F 列相应位置显示区域为"中部"；若是"销售三部"，则在 F 列相应位置显示区域为"南部"。要实现此功能，用到了 IF 函数。具体操作步骤为：选中 F2 单元格，在单元格中输入公式 "=IF(B2<>"销售一部", IF(B2="销售二部","中部","南部")), "北部")"，最后用填充柄拖拉到 F31 单元格，实现 "区域" 列的填充。最后效果如图 3-60 所示。

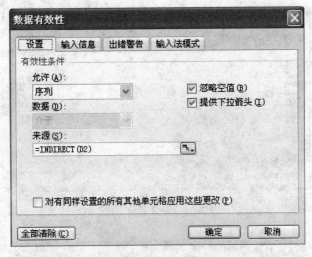

图 3-59　设置产品编号列

	A	B	C	D	E	F
1	日期	销售部门	销售员	产品类别	产品编号	区域
2	2003-10-2	销售二部	鲁帆	影碟机	330BK	中部
3	2003-10-2	销售一部	高志毅	电视机	C2919PV	北部
4	2003-10-2	销售二部	张悦群	影碟机	810BK	中部
5	2003-10-2	销售一部	高志毅	电视机	C2919PK	北部
6	2003-10-3	销售三部	魏晓彤	电视机	C2991E	南部
7	2003-10-3	销售二部	鲁帆	电视机	C3518P	中部
8	2003-10-3	销售一部	杜丝蓉	影碟机	330BK	北部
9	2003-10-4	销售一部	王海强	电视机	C2991E	北部
10	2003-10-4	销售二部	黄平	影碟机	820BK	中部
11	2003-10-4	销售三部	章中承	电视机	C2919PK	南部
12	2003-10-4	销售二部	萧潇	影碟机	810BK	中部
13	2003-10-4	销售一部	吴开	影碟机	820BK	北部
14	2003-10-4	销售三部	涂咏虞	电视机	C3518P	南部
15	2003-10-5	销售二部	司徒春	电视机	C2991E	南部

图 3-60　填充 "区域" 列

（6）填充 "单价" 列

由于电视机和影碟机的单价信息都存放在 "产品与价格" 工作表中，所以我们在实现 "单价" 列时用到了名称的使用和 IF 函数的应用。

① 名称的使用。切换到 "产品与价格" 工作表，单击菜单栏 "插入" → "名称" → "定义"，在弹出的对话框中，"在当前工作簿中的名称" 中输入 "tv"，"引用位置" 文本框中单击 🔣 图标，选择 A 列和 B 列，再单击 🔲 图标，回到 "定义名称" 对话框中，如图 3-61 所示，单击【添加】按钮，再在 "在当前工作簿中的名称" 中输入 "vcd"，"引用位置" 文本框中单击 🔣 图标，选择 C 列和 D 列，再单击 🔲 图标，如图 3-62 所示，单击【添加】按钮，最后单击【确定】按钮。

② IF 函数的应用。在 G 列中要实现单价的填充，首先要判断 "产品类别" 和 "产品编号" 列，具体是什么类别的产品、是什么编号的。要实现此操作，借助 IF 函数，选中 G2 单元格，

在此单元格中输入公式 "=IF(D2="电视机", VLOOKUP(E2, tv, 2)，VLOOKUP(E2, vcd, 2))"，最后用填充柄拖拉到 G31 单元格，实现 "单价" 列的填充。填充后的效果如图 3-63 所示。

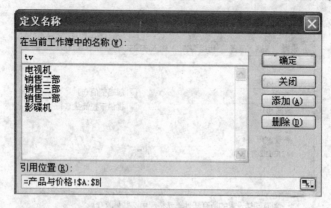

图 3-61　定义名称 "tv"

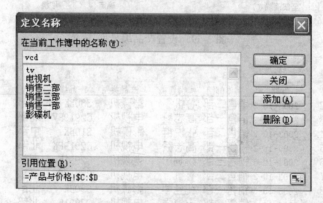

图 3-62　定义名称 "vcd"

	A	B	C	D	E	F	G
1	日期	销售部门	销售员	产品类别	产品编号	区域	单价
2	2003-10-2	销售二部	鲁帆	影碟机	330BK	中部	1220
3	2003-10-2	销售一部	高志毅	电视机	C2919PV	北部	5260
4	2003-10-2	销售二部	张悦群	影碟机	810BK	中部	1120
5	2003-10-2	销售一部	高志毅	电视机	C2919PK	北部	5300
6	2003-10-3	销售三部	魏晓彤	电视机	C2991E	南部	4020
7	2003-10-3	销售二部	鲁帆	电视机	C3518P	中部	6600
8	2003-10-3	销售一部	杜丝蓉	影碟机	330BK	北部	1220
9	2003-10-4	销售一部	王海强	电视机	C2991E	北部	4020
10	2003-10-4	销售二部	黄平	影碟机	820BK	中部	980

图 3-63　填充 "单价" 列

（7）填充 "金额" 列

把鼠标定位到 I2 单元格，在此单元格中输入公式 "=G2*H2"，实现了 "金额" 列的填充。

通过上面单元格地址的引用、名称的使用、设置数据有效性和函数的应用实现了 "销售业绩" 工作表的制作，整张销售业绩表的效果图如图 3-64 所示。

3．外部数据的导入与导出

（1）与数据库的导入与导出

① 在当前工作表中选定要导入数据的单元格或单元格区域，如首先选定 A1 单元格。

	A	B	C	D	E	F	G	H	I
1	日期	销售部门	销售员	产品类别	产品编号	区域	单价	数量	金额
2	2003-10-2	销售二部	鲁帆	影碟机	330BK	中部	1220	23	28060
3	2003-10-2	销售一部	高志毅	电视机	C2919PV	北部	5260	62	326120
4	2003-10-2	销售二部	张悦群	影碟机	810BK	中部	1120	32	35840
5	2003-10-2	销售一部	高志毅	电视机	C2919PK	北部	5300	50	265000
6	2003-10-3	销售三部	魏晓彤	电视机	C2991E	南部	4020	39	156780
7	2003-10-3	销售二部	鲁帆	电视机	C3518P	中部	6600	20	132000
8	2003-10-3	销售一部	杜丝蓉	影碟机	330BK	北部	1220	55	67100
9	2003-10-4	销售一部	王海强	电视机	C2991E	北部	4020	72	289440
10	2003-10-4	销售二部	黄平	影碟机	820BK	中部	980	78	76440
11	2003-10-4	销售三部	章中承	电视机	C2919PK	南部	5300	31	164300
12	2003-10-4	销售一部	萧潇	影碟机	810BK	中部	1120	53	59360
13	2003-10-4	销售一部	吴开	影碟机	820BK	北部	980	33	32340
14	2003-10-4	销售三部	徐咏虞	电视机	C3518P	南部	6600	61	402600
15	2003-10-5	销售三部	司徒春	电视机	C2991E	南部	4020	32	128640
16	2003-10-5	销售二部	章燕	影碟机	330BK	中部	1220	67	81740
17	2003-10-5	销售二部	张严	影碟机	820BK	北部	980	30	29400
18	2003-10-5	销售二部	萧潇	影碟机	810BK	中部	1120	27	30240
19	2003-10-5	销售三部	薛利恒	电视机	C2919PV	南部	5260	43	226180
20	2003-10-6	销售三部	司徒春	影碟机	810BK	南部	1120	27	30240
21	2003-10-6	销售一部	杜丝蓉	电视机	C2919PV	北部	5260	55	289300
22	2003-10-6	销售二部	黄平	电视机	C2919PK	中部	5300	48	254400
23	2003-10-6	销售二部	萧潇	影碟机	820BK	中部	980	42	41160
24	2003-10-6	销售一部	吴开	电视机	C2919PK	北部	5300	60	318000
25	2003-10-6	销售二部	黄平	电视机	830BK	北部	920	45	41400
26	2003-10-9	销售一部	吴开	电视机	C2919PV	北部	5260	29	152540
27	2003-10-9	销售三部	薛利恒	影碟机	330BK	南部	1220	23	28060
28	2003-10-9	销售一部	黄凯东	电视机	C3518P	北部	6600	30	198000
29	2003-10-9	销售三部	苏武	电视机	C2919PV	南部	5260	70	368200
30	2003-10-10	销售二部	张悦群	电视机	830BK	南部	920	38	34960
31	2003-10-10	销售三部	司徒春	影碟机	810BK	南部	1120	58	64960

图 3-64 "销售业绩"工作表效果图

② 选择"数据"→"导入外部数据"→"导入数据"命令，如图 3-65 所示，将弹出如图 3-66 所示对话框。

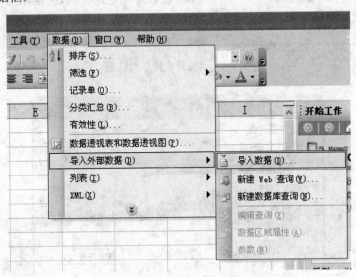

图 3-65 选择"导入数据"命令

③ 选定要导入的数据源后，在文件类型中选择"Access 数据库"，单击【打开】按钮，将弹出如图 3-67 所示对话框。

④ 单击【确定】按钮，将弹出如图 3-68 所示对话框。

单击【确定】按钮，存放在销售公司业绩表中的数据被全部导入。

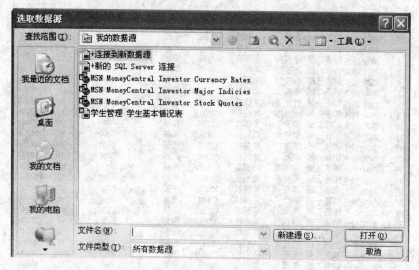

图 3-66 "选取数据源"对话框

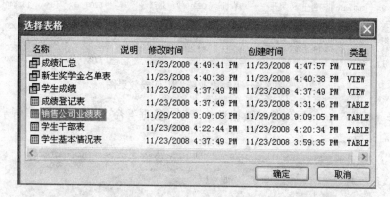

图 3-67 "选择表格"对话框

图 3-68 "导入数据"对话框

（2）与文本的导入与导出

在工作中，我们经常需要将一些文本文件转换为 Excel 文件，以便将 Excel 中的计算、统计等功能运用到新的文件中。有时从其他的数据源中导出的文本文件需要用 Excel 去整理，这样就需要用到 Excel 导入文本文件功能。通常，Excel 中可以导入文件扩展名为.csv、.prn、.tet

等的文件格式。若现在销售公司业绩表被存放在.txt 文件中，现在要把这个.txt 文件导入到 Excel 中的具体操作步骤如下。

① 在当前工作表中选定要导入数据的单元格或单元格区域，如首先选定 A1 单元格。

② 选择"数据"→"导入外部数据"→"导入数据"命令，将弹出如图 3-66 所示对话框。

③ 选定要导入的数据源后，在文件类型中选择"文本文件"，单击【打开】按钮，将弹出如图 3-69 所示对话框。

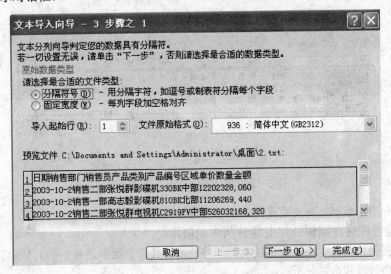

图 3-69　"文本导入向导"步骤之一

④ 单击【下一步】按钮，弹出如图 3-70 所示对话框。

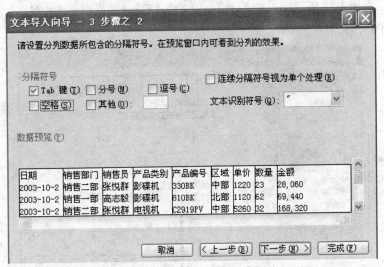

图 3-70　"文本导入向导"步骤之二

⑤ 单击【下一步】按钮，弹出如图 3-71 所示对话框。最后单击【完成】按钮，弹出如图 3-68 所示对话框，单击【确定】按钮，实现将数据导入到 Excel 中。

（3）与 XML 的导入与导出

与 XML 的导入与导出操作和上面的数据库的导入与导出、文本的导入与导出操作相似，这里不再进行详细介绍。

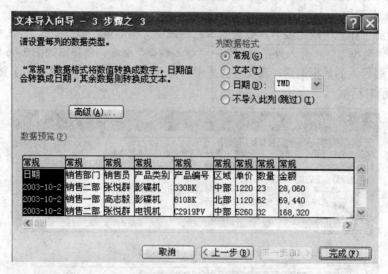

图 3-71 "文本导入向导"步骤之三

下面将介绍用数据透视表实现对销售公司业绩的分析。

4. 数据透视表在销售公司业绩分析中的应用

假如根据销售公司业绩表分析公司的销售业绩，其建立数据透视表的具体步骤如下。

（1）销售数量和金额分析

① 创建数据透视表。单击菜单命令"数据"→"数据透视表和数据透视图"，打开"数据透视表和数据透视图向导"对话框。

步骤 1，如图 3-72 所示，选择"Microsoft office Excel 数据列表或数据库"及下面的"数据透视表"单选项。

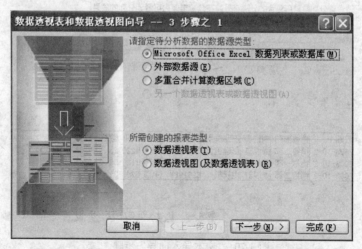

图 3-72 数据透视表向导之步骤 1

步骤 2，如图 3-73 所示，在"选定区域"输入全部数据所在的单元格区域，或者单击输入框右侧的【压缩对话】按钮，在工作表中用鼠标选定数据区域。

步骤 3，在对话框中选定"新建工作表"单选项，以便将创建的数据透视表放到一个新的工作表中，再单击【完成】按钮，如图 3-74 所示。

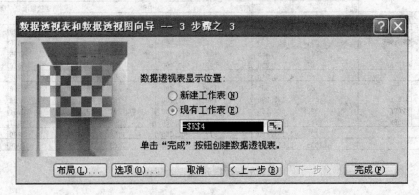

图 3-73 数据透视表向导之步骤 2

图 3-74 数据透视表向导之步骤 3

这样，就可以建立一个空的数据透视表，并同时显示"数据透视表"工具栏和"数据透视表字段列表"对话框，如图 3-75 所示。

图 3-75 数据透视表模板

② 设置数据透视表中字段名称和汇总方式。若要对不同区域产品类别的不同产品编号进行汇总，具体操作步骤为：将"数据透视表字段列表"中的"数量"和"金额"两个字段添加到数据区域，可以采用直接拖动的方法，也可以在列表中选定字段后，在列表框底部的下拉列表中选择"数据区域"，然后单击【添加到】按钮。用上述同样的方法可以设置行区域和列区域，将"产品类别"和"产品编号"两个字段拖动到行区域，将"区域"拖动到列区域，调整"数据"，将"数据"拖动到列区域。透视表最终效果如图 3-76 所示。

产品类别	产品编号	区域 数据							销售数量汇总	销售金额汇总
		北部		南部		中部				
		销售数量	销售金额	销售数量	销售金额	销售数量	销售金额			
电视机	C2919PK	283	1,499,900	130	689,000	226	1,197,800		639	3,386,700
	C2919PV	371	1,951,460	54	284,040	250	1,315,000		675	3,550,500
	C2991E	149	598,980	111	446,220	495	1,989,900		755	3,035,100
	C3518P	57	376,200	249	1,643,400	330	2,178,000		636	4,197,600
电视机 汇总		860	4,426,540	544	3,062,660	1301	6,680,700		2705	14,169,900
影碟机	330BK	165	201,300	134	163,480	219	267,180		518	631,960
	810BK	119	133,280	198	221,760	387	433,440		704	788,480
	820BK	392	384,160	262	256,760	297	291,060		951	931,980
	830BK	449	413,080	283	260,360	295	271,400		1027	944,840
影碟机 汇总		1125	1,131,820	877	902,360	1198	1,263,080		3200	3,297,260
总计		1985	5,558,360	1421	3,965,020	2499	7,943,780		5905	17,467,160

图 3-76　数据透视表效果图

（2）产品销售数量分析

① 创建数据透视表。单击菜单命令"数据"→"数据透视表和数据透视图"，打开"数据透视表和数据透视图向导"对话框。

步骤 1，如图 3-72 所示，选择"Microsoft Office Excel 数据列表或数据库"及下面的"数据透视表"单选项，单击【下一步】按钮。

步骤 2，如图 3-73 所示，在"选定区域"输入全部数据所在的单元格区域，或者单击输入框右侧的【压缩对话】按钮，在工作表中用鼠标选定数据区域，单击【下一步】按钮，出现如图 3-77 所示对话框。单击【否】按钮。

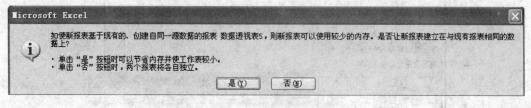

图 3-77　提示框

步骤 3，在对话框中选定"新建工作表"单选项，以便将创建的数据透视表放到一个新的工作表中，再单击【完成】按钮，将出现如图 3-75 所示界面。

② 设置数据透视表中字段名称和汇总方式。若要对不同区域不同产品类别的销售数量进行汇总，具体操作步骤为：将"数据透视表字段列表"中的"区域"字段添加到行区域，可以采用直接拖动的方法，也可以在列表中选定字段后，在列表框底部的下拉列表中选择"行区域"，然后单击【添加到】按钮。将"产品类别"字段拖动到列区域，将"数量"字段拖动到整个透视表的第一个单元格中，透视表最终效果如图 3-78 所示。

求和项:数量	产品类别 ▼		
区域 ▼	电视机	影碟机	总计
北部	860	1125	1985
南部	544	877	1421
中部	1301	1198	2499
总计	2705	3200	5905

图 3-78 效果图

项目三 动态图表——产品销售图制作

项目目标

1. 掌握图表的概念。
2. 掌握动态图表的创建。
3. 综合使用各种控件和函数公式等。

项目综述

在不断变化的市场环境中，公司会经常面临着各种业务决策。张峰作为达成销售公司的经理，为了提高产品的销售总额，他需要了解公司各种产品在全国各地的销售情况。那么，他是如何在大量的原始数据中，有效地查看各个产品的具体销售信息的呢？

原来，张经理让小李利用 Excel 中的动态图表制作了动态销售图表来对各个产品的销售情况进行统计。下面就让我们一起来看看小李是如何制作动态销售图的。

相关知识点

1. 动态图表

动态图表是一种十分重要的图表。相对于一般的图表，动态图表为用户提供了更方便的操作和查看的环境。用户可利用图表的控件对图表进行有效管理。在某些情况下，综合使用各种图表控件可以对庞大的原始数据进行管理，这种功能相当于数据库管理。在这种情况下，用户可以了解到动态图表的优势，及时保持原始数据库的更新、动态查询和管理。

2. OFFSET 函数介绍

OFFSET 函数的作用是提取数据，它以指定的单元为参照，偏移指定的行、列数，返回新的单元引用。例如以下项目中，参照单元是 A1（OFFSET 的第一个参数），第二个参数 0 表示行偏移量，即 OFFSET 返回的将是与参照单元同一行的值，第三个参数（$A$7）表示列偏移量，在项目中 OFFSET 函数将检查 A7 单元的值（现在是 1）并将它作为偏移量。因此，OFFSET（A1，0，$A$7）函数的意义就是：找到同一行且从 A1（B1）偏移一列的单元，返回该单元的值。

实现方法及步骤

在本项目中，将介绍如何使用 Excel 完成产品销售图的制作。其实现方法及详细步骤如下。

（1）提取数据

① 创建"产品销售"工作表。在 A1:C4 单元格中输入相关的产品销售信息。如图 3-79 所示。

② 提取相关数据。在 A8 单元格中输入"=A1"，拖动填充柄至 A11。我们将用 A7 单元的值来控制要提取的是哪一种产品的数据（也就是控制图表要描述的是哪一批数据）。现在，在

A7 单元输入 1。在 B8 单元输入公式 "=OFFSET(A1，0，$A$7)"，拖动填充柄至 B11。如图 3-80 所示。

	A	B	C
1	区域	电视机	影碟机
2	北部	860	1125
3	南部	544	877
4	中部	1301	1198
5			

图 3-79 "产品销售" 工作表

	A	B	C
1	区域	电视机	影碟机
2	北部	860	1125
3	南部	544	877
4	中部	1301	1198
5			
6			
7	1		
8	区域	电视机	
9	北部	860	
10	南部	544	
11	中部	1301	

图 3-80 提取相关数据

（2）制作图表

① 使用图表向导创建图表。现将以 A8:B11 的数据为基础创建一个标准的柱形图，先选中 A8:B11 区域，选择菜单 "插入" → "图表"，接受默认的图表类型 "柱形图"，单击【完成】按钮。如图 3-81 所示。

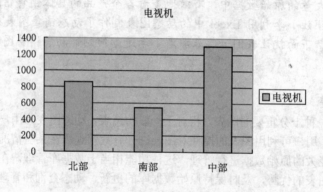

图 3-81 插入图表

检查 A8:B11 和图表是否确实显示了电视机的数据；如果没有，检查你是否严格按照前面的操作步骤执行。把 A7 单元的内容改成 2，检查 A8:B11 和图表是否都显示出了影碟机的数据。

② 加入选项按钮。

步骤 1，加入选项按钮来控制 A7 单元的值。选择菜单 "视图" → "工具栏" → "窗体"（不要选择 "控件工具箱"），单击工具栏上的【选项】按钮，再单击图表上方的空白位置。重复这个过程，把第二个选项按钮也放入图表，如图 3-82 所示。右击第一个选项按钮，选择 "设置控件格式"，然后选择 "控制" 选项卡，把 "单元格链接" 设置为 A7 单元格，选中 "已选择"，单击【确定】按钮。如图 3-83 所示。

步骤 2，把第一个选项按钮的文字标签改成 "电视机"，把第二个选项按钮的文字标签改成 "影碟机"（设置第一个选项按钮的 "控制" 属性时，第二个选项按钮的属性也被自动设置）。如图 3-84 所示。

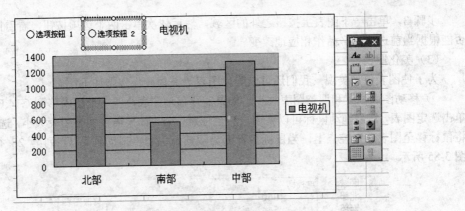

图 3-82 加入第二个按钮

图 3-83 "对象格式"对话框

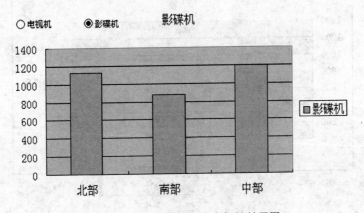

图 3-84 设置选项按钮文字标签效果图

步骤 3，单击一下图表上按钮之外的区域，然后依次单击两个选项按钮，看看图表内容是否能根据当前选择的产品作相应地改变。

（3）美化图表

为了使图表更加美观，我们还可以美化图表。具体操作步骤如下：

① 移动图表位置和调整图表大小。如果需要移动图表位置，把图表移到 G14:G28 区域，单击选定图表，然后拖动鼠标可以将图表移至任意位置。如果需要调整图表大小，选定图表后，将鼠标移至图表选定控点上，当鼠标指针变为双向箭头时，拖动到第 G 列第 28 行即可，如图 3-85 所示。

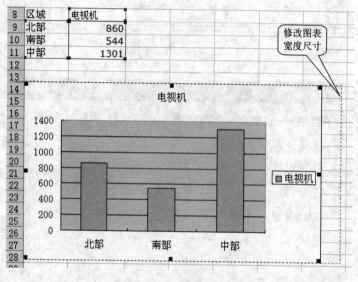

图 3-85　更改图表大小

② 设置数据系列的格式。数据系列是指绘图区中的图形，如果是柱形图，则对每一个柱形，用户还可以自己设置数据系列的格式，具体操作步骤如下。

步骤 1，单击选定绘图区中的某一个数据系列，被选中的系列上会显示一个小方块，右击从弹出的快捷菜单中选择"数据系列格式"命令，如图 3-86 所示。

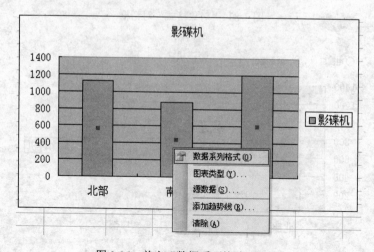

图 3-86　单击"数据系列格式"命令

　　步骤 2，在打开的"数据系列格式"对话框"图案"选项卡中，可以设置数据系列的填充图案和边框的格式，这里我们选择边框样式为默认状态，即"自动设置"，颜色为浅灰色，如图 3-87 所示。

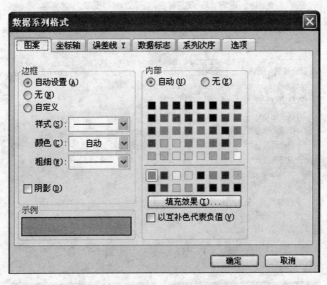

图 3-87　设置数据系列的图案效果

　　步骤 3，如果用户需要设置系列绘制的坐标轴，请单击"坐标轴"标签切换到"坐标轴"选项卡，如图 3-88 所示。但这通常对于两轴图表才有意义，所以"系列绘制在"下的按钮都无效。

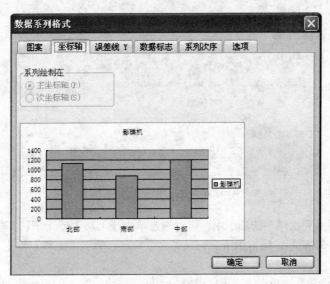

图 3-88　"坐标轴"选项卡

　　步骤 4，如果用户需要设置图表的误差线，请单击"误差线 Y"标签，切换到如图 3-89 所示的"误差线 Y"选项卡中进行设置。这里采用默认设置。

　　步骤 5，单击"数据标志"标签切换到"数据标志"选项卡中，在"数据标签包括"区域中选中需要显示的数据标志项，可以在图表中显示相应的数据。如图 3-90 所示，选中"值"复选框，即可在数据系列上显示所代表的值。

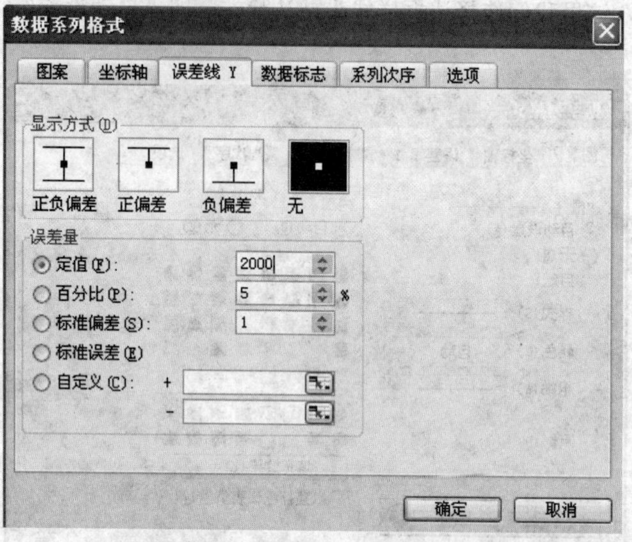

图 3-89 "误差线 Y"选项卡

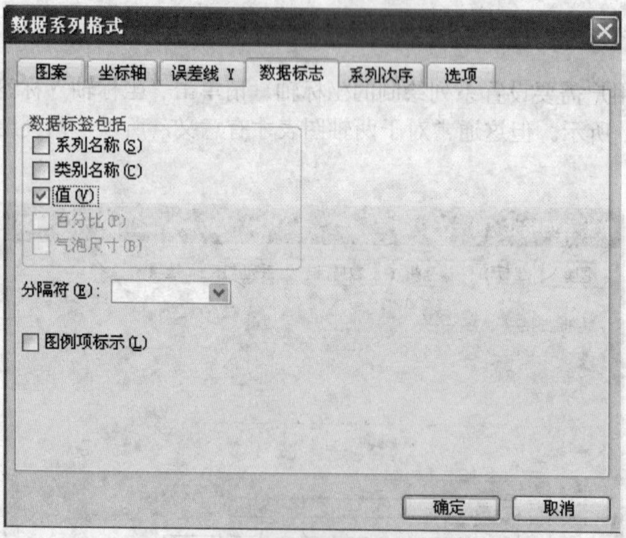

图 3-90 "数据标志"选项卡

步骤 6，在"系列次序"选项卡中，可以通过单击【上移】或【下移】按钮来调整数据系列的次序，如图 3-91 所示。这里由于我们只有两个商品，所以【上移】和【下移】两个按钮都是无效的。

步骤 7，在"选项"选项卡中，可以调整分类间距值，如图 3-92 所示。这里采用默认设置。

③ 更改图表类型。Excel 中提供了多种不同的图表类型，可以根据不同的需要从中选择最恰当的类型。有的时候是图表创建好了，才觉得选择的图表类型可能不是最好的，这时就需要更改图表类型。创建好图表后，若要更改图表的类型，具体操作步骤为：在图表上右击鼠标，从弹出的快捷菜单中单击"图表类型"命令，然后从"图表类型"对话框中选择新的类型，如图 3-93 所示。

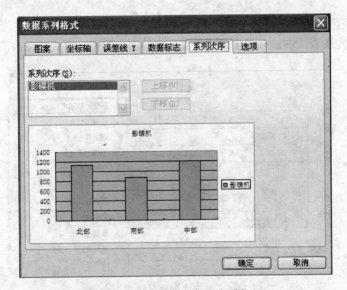

图 3-91 "系列次序"选项卡

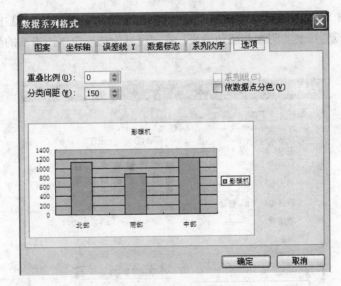

图 3-92 "选项"选项卡

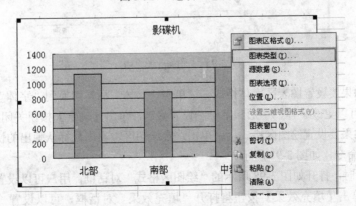

图 3-93 使用快捷菜单修改图表类型

④ 设置图表区和绘图区格式。

步骤 1，选定图表，右击从弹出的快捷菜单中单击"图表区格式"命令，如图 3-94 所示。

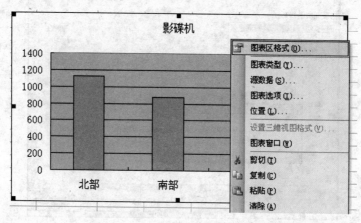

图 3-94　单击"图表区格式"命令

步骤 2，弹出"图表区格式"对话框，在"图案"选项卡"边框"区域选中"阴影"和"圆角"复选框可以设置图表的阴影和圆角效果，在"区域"选项中单击需要的颜色，如图 3-95 所示。

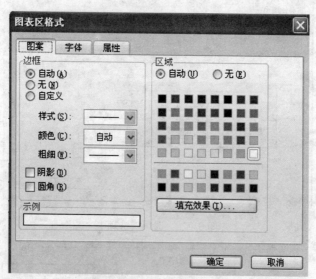

图 3-95　"图案"选项卡

步骤 3，如果要设置图表区字体格式，请单击"字体"标签切换到"字体"选项卡中，如图 3-96 所示，可以更改字体、字形和字号。设置好后，单击【确定】按钮关闭此对话框。

步骤 4，如果要设置绘图区格式，请单击选定绘图区，右击鼠标从弹出的快捷菜单中选择"绘图区格式"命令，如图 3-97 所示。

步骤 5，此时，打开如图 3-98 所示的"绘图区格式"对话框，用户可以设置绘图区的边框和图案效果，单击【填充效果】按钮将打开"填充效果"对话框，可以设置一些特殊的填充效果。

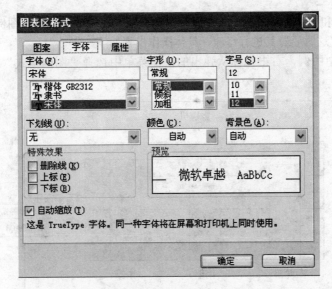

图 3-96 "字体"选项卡

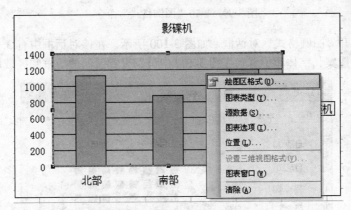

图 3-97 单击"绘图区格式"命令

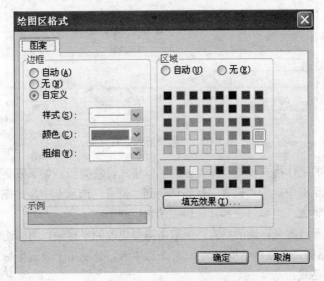

图 3-98 "绘图区格式"对话框

⑤ 设置图例和坐标轴格式。通常,在使用向导完成图表的创建后,图例和坐标轴的格式很难让用户满意,这时要对其进行修改,具体操作步骤如下。

步骤1,选中图例,右击鼠标从弹出的快捷菜单中选择"图例格式"命令,如图 3-99 所示。

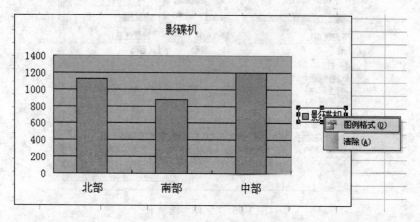

图 3-99 单击"图例格式"命令

步骤2,打开"图例格式"对话框,如图 3-100 所示,在该对话框中有 3 个选项卡,分别用来设置图例的图案、字体和位置,在图 3-100 中可以设置图例的边框和区域填充效果。

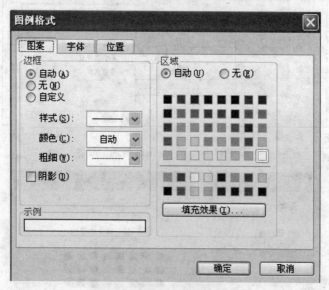

图 3-100 "图例格式"对话框

步骤3,图例的字体格式设置和图表区的字体格式设置类似。如果要更改图例的位置,请在"图例格式"对话框中单击"位置"标签切换到"位置"选项卡中,如图 3-101 所示。这里我们可以采用默认设置,也可以选择其他所需的选项。

步骤4,如果要修改坐标轴的格式,请双击需要更改的坐标轴,将弹出如图 3-102 所示的"坐标轴格式"对话框,在该对话框中共有 5 个选项卡,分别用于设置坐标轴的图案、刻度、字体、数字和对齐格式。

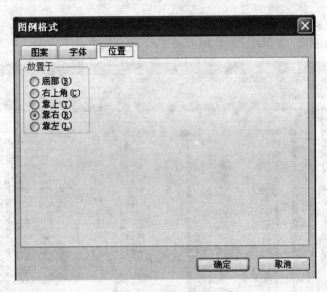

图 3-101　更改图例位置

可能有同学会说，上面的步骤太复杂，有没有更简单的美化方法？当然有啦，完成一件事往往会有几种方法，就看你喜欢用哪一种了。为了美化图表，我们也可以选中图片，单击工具栏上填充按钮下的"填充效果"，设置如图 3-103 所示，最后单击【确定】按钮，完成图表的美化。

图 3-102　"坐标轴格式"对话框

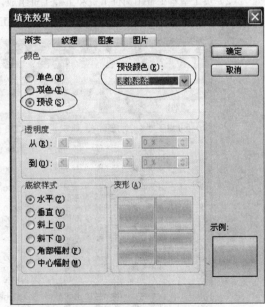

图 3-103　"填充效果"对话框

习　题　3

1. 员工的工资管理是人事部门日常管理中一项非常重要的工作。通常，员工的工资由基本工资、业绩奖金、出勤统计、社保和其他福利等项目构成。使用项目一所学知识，根据以下要求制作一个"工资管理系统"工作簿，在这个工作簿中分别实现以下七张工作表：

（1）创建"员工档案"工作表，如图 3-104 所示；

员工编号	姓名	所在部门	职务	出生年月	婚姻状况	加入公司时间	工龄	电话	住址
000001	李明	技术部	经理	1975-2-1	已婚	2003-8-1	5	87878580	成都市一环路西三段30号
000002	张诚	技术部	技术员	1976-2-1	已婚	2003-8-1	5	87878581	成都市二环路北二段2号
000003	何佳	技术部	技术员	1974-1-1	已婚	2004-5-1	4	87878582	成都市龙泉驿区阳光城105号
000004	李明诚	技术部	技术员	1980-5-1	未婚	2005-4-1	3	87878583	成都市龙泉驿区阳光城125号
000005	李涛	客户部	经理	1966-2-1	已婚	2003-8-1	5	87878584	成都市马鞍北路3号
000006	张晓群	客户部	专员	1979-7-1	已婚	2004-1-1	4	87878585	成都市双楠小区104号
000007	邓捷	客户部	高级专员	1965-2-1	已婚	2003-10-1	5	87878586	成都市人民北路74号
000008	舒小英	客户部	专员	1979-2-1	已婚	2004-12-1	3	87878587	成都市人民北路76号
000009	李军	生产部	机修工	1970-2-1	已婚	2003-8-1	5	87878588	成都市人民北路76号
000010	何明天	生产部	机修工	1971-1-1	已婚	2004-12-1	3	87878589	成都市人民北路78号
000011	林立	生产部	机修工	1982-1-1	已婚	2004-12-1	3	87878590	成都市人民北路78号
000012	赵燕	财务部	经理	1974-1-1	已婚	2004-1-1	4	87878591	成都市人民北路79号
000013	李丽	财务部	会计	1980-2-1	未婚	2004-3-1	4	87878592	成都市人民北路80号
000014	罗雪梅	行政部	经理	1970-1-1	已婚	2003-8-1	5	87878593	成都市人民北路81号
000015	赵磊	行政部	司机	1978-8-1	未婚	2005-1-1	3	87878594	成都市人民北路81号
000016	赵磊	技术部	技术员	1978-10-2	未婚	2003-11-20	5	87878595	成都市人民北路83号
000017	曾志	技术部	技术员	1979-2-1	已婚	2005-3-8	3	87878596	成都市人民北路84号
000018	罗小英	客户部	专员	1969-8-5	已婚	2002-1-8	6	87878597	成都市人民北路85号
000019	赵明丽	客户部	高级专员	1965-5-6	已婚	2001-8-3	7	87878598	成都市人民北路86号
000020	吴天生	技术部	技术员	1962-10-1	已婚	2001-8-1	7	87878599	成都市人民北路87号
000021	苏丙	生产部	机修工	1966-10-2	已婚	2001-8-1	7	87878600	成都市人民北路88号
000022	罗正	生产部	机修工	1982-10-2	未婚	2005-6-1	3	87878601	成都市人民北路89号
000023	何玲俐	客户部	技术员	1982-10-28	未婚	2005-8-2	3	87878602	成都市人民北路90号
000024	赵军	生产部	机修工	1982-1-18	未婚	2003-5-2	5	87878603	成都市人民北路91号
000025	吴明英	财务部	会计	1975-5-6	已婚	2003-8-9	5	87878604	成都市人民北路92号

图 3-104 "员工档案"工作表

（2）员工基本工资由岗位工资和工龄工资组成，这两项数据在一年中基本上不会有大的变化，当然除了集体性的调整工资，所以创建第二张表"基本工资"工作表，如图 3-105 所示；

员工编号	姓名	所属部门	职务	岗位工资	工龄工资	基本工资		职务	岗位工资
1	李明	技术部	经理	2000	100	2100		经理	2000
2	张诚	技术部	技术员	1400	100	1500		技术员	1400
3	何佳	技术部	技术员	1400	80	1480		专员	1000
4	李明诚	技术部	技术员	1400	60	1460		高级专员	1600
5	李涛	客户部	经理	2000	100	2100		机修工	200
6	张晓群	客户部	专员	1000	80	1080		会计	800
7	邓捷	客户部	高级专员	1600	100	1700		实习	600
8	舒小英	客户部	专员	1000	60	1060			
9	李军	生产部	机修工	200	100	300			
10	何明天	生产部	机修工	200	100	300			
11	林立	生产部	机修工	200	60	260			
12	赵燕	财务部	经理	2000	80	2080			
13	李丽	财务部	会计	800	80	880			
14	罗雪梅	行政部	经理	2000	100	2100			
15	赵磊	行政部	专员	1000	60	1060			
16	赵磊	技术部	技术员	1400	100	1500			
17	曾志	技术部	技术员	1400	60	1460			
18	罗小英	客户部	专员	1000	100	1100			
19	赵明丽	客户部	高级专员	1600	100	1700			
20	吴天生	技术部	技术员	1400	100	1500			
21	苏丙	生产部	机修工	200	100	300			
22	罗正	生产部	机修工	200	60	260			
23	何玲俐	客户部	技术员	1400	60	1460			
24	赵军	生产部	机修工	200	100	300			
25	吴明英	财务部	会计	800	100	900			

图 3-105 "基本工资"工作表

（3）有的企业根据员工的业绩量计算提成，这时可以制作"奖金"工作表，如图 3-106 所示；

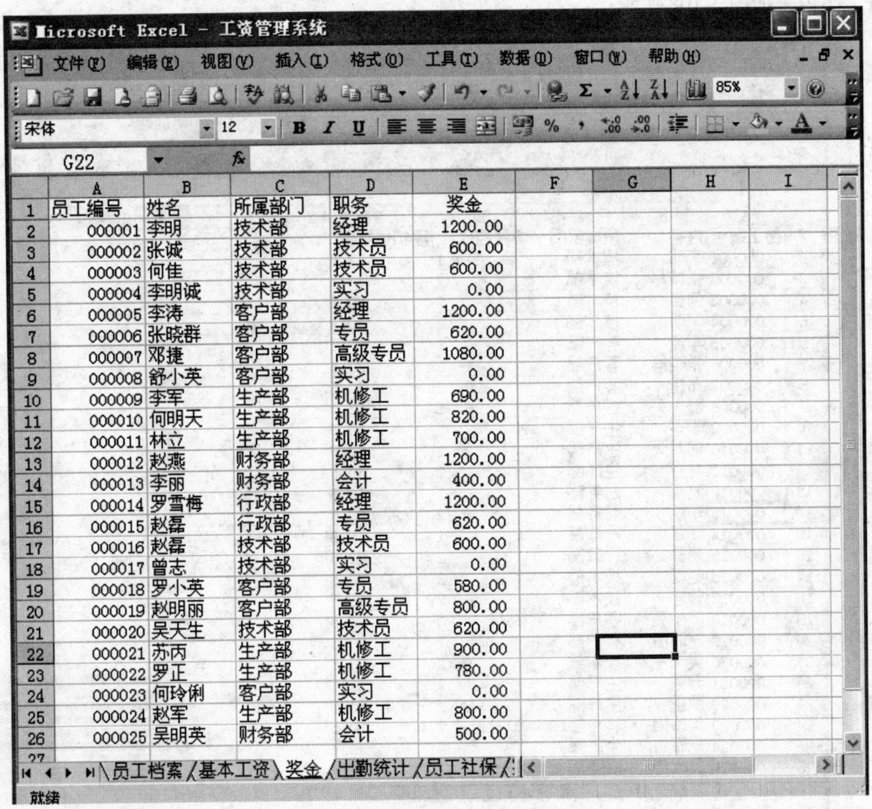

图 3-106 "奖金"工作表

（4）员工出勤统计表格是用来统计员工出勤情况的，每月由行政部门负责统计，然后上报到财务部门，根据员工的迟到/早退、病/事假等出勤情况计算工资，所以创建一张"出勤统计"工作表，如图 3-107 所示；

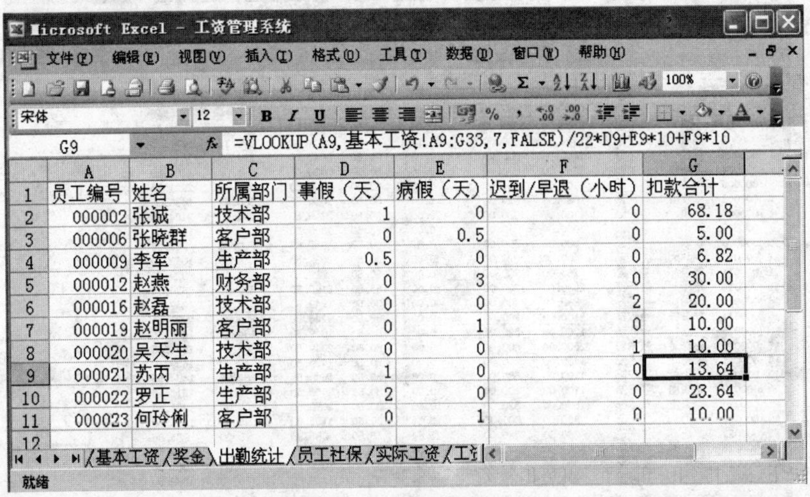

图 3-107 "出勤统计"工作表

（5）企业每个月都要为员工缴纳社会保险费用，但有一部分是从员工的工资中扣除，接下来创建“员工社保”工作表，如图 3-108 所示；

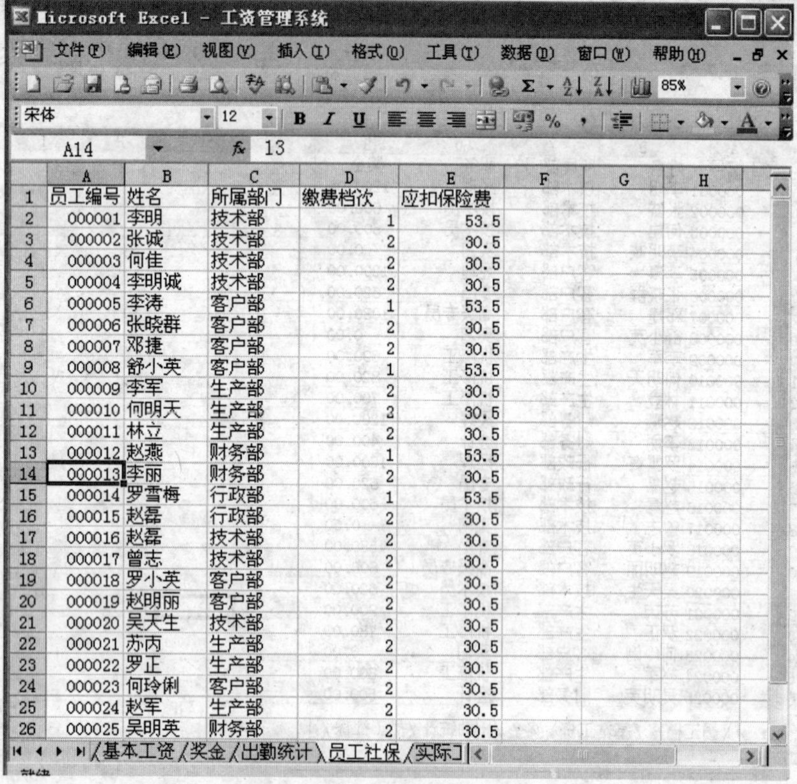

员工编号	姓名	所属部门	缴费档次	应扣保险费
000001	李明	技术部	1	53.5
000002	张诚	技术部	2	30.5
000003	何佳	技术部	2	30.5
000004	李明诚	技术部	2	30.5
000005	李涛	客户部	1	53.5
000006	张晓群	客户部	2	30.5
000007	邓捷	客户部	2	30.5
000008	舒小英	客户部	1	53.5
000009	李军	生产部	2	30.5
000010	何明天	生产部	2	30.5
000011	林立	生产部	2	30.5
000012	赵燕	财务部	1	53.5
000013	李丽	财务部	2	30.5
000014	罗雪梅	行政部	1	53.5
000015	赵磊	行政部	2	30.5
000016	赵磊	技术部	2	30.5
000017	曾志	技术部	2	30.5
000018	罗小英	客户部	2	30.5
000019	赵明丽	客户部	2	30.5
000020	吴天生	技术部	2	30.5
000021	苏丙	生产部	2	30.5
000022	罗正	生产部	2	30.5
000023	何玲俐	客户部	2	30.5
000024	赵军	生产部	2	30.5
000025	吴明英	财务部	2	30.5

图 3-108 “员工社保”工作表

（6）在“工资管理系统”中除了上述操作外，还需要存放每位员工的实际工资，下面创建一张“实际工资”工作表，如图 3-109 所示；

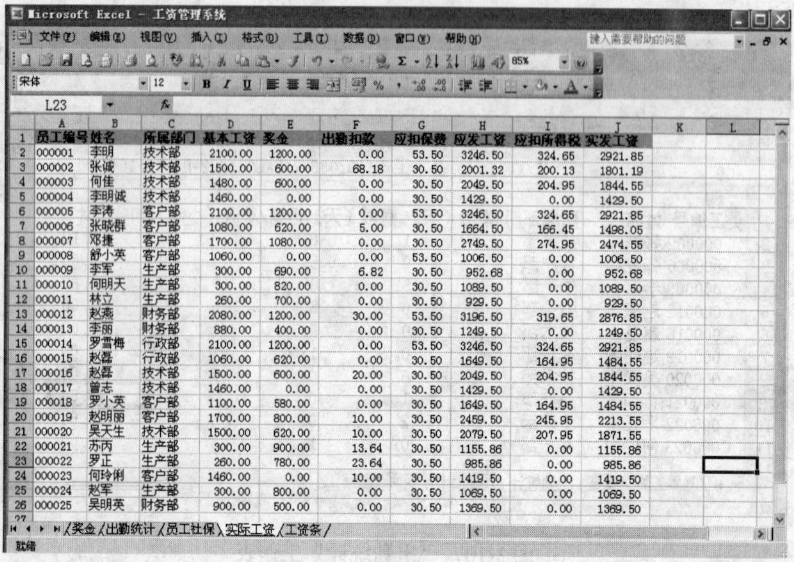

员工编号	姓名	所属部门	基本工资	奖金	出勤扣款	应扣保费	应发工资	应扣所得税	实发工资
000001	李明	技术部	2100.00	1200.00	0.00	53.50	3246.50	324.65	2921.85
000002	张诚	技术部	1500.00	600.00	68.18	30.50	2001.32	200.13	1801.19
000003	何佳	技术部	1480.00	600.00	0.00	30.50	2049.50	204.95	1844.55
000004	李明诚	技术部	1460.00	0.00	0.00	30.50	1429.50	0.00	1429.50
000005	李涛	客户部	2100.00	1200.00	0.00	53.50	3246.50	324.65	2921.85
000006	张晓群	客户部	1080.00	620.00	5.00	30.50	1664.50	166.45	1498.05
000007	邓捷	客户部	1700.00	1080.00	0.00	30.50	2749.50	274.95	2474.55
000008	舒小英	客户部	1060.00	0.00	0.00	53.50	1006.50	0.00	1006.50
000009	李军	生产部	300.00	690.00	6.82	30.50	952.68	0.00	952.68
000010	何明天	生产部	300.00	820.00	0.00	30.50	1089.50	0.00	1089.50
000011	林立	生产部	260.00	700.00	0.00	30.50	929.50	0.00	929.50
000012	赵燕	财务部	2080.00	1200.00	30.00	53.50	3196.50	319.65	2876.85
000013	李丽	财务部	880.00	400.00	0.00	30.50	1249.50	0.00	1249.50
000014	罗雪梅	行政部	2100.00	1200.00	0.00	53.50	3246.50	324.65	2921.85
000015	赵磊	行政部	1060.00	620.00	0.00	30.50	1649.50	164.95	1484.55
000016	赵磊	技术部	1500.00	600.00	20.00	30.50	2049.50	204.95	1844.55
000017	曾志	技术部	1460.00	0.00	0.00	30.50	1429.50	0.00	1429.50
000018	罗小英	客户部	1100.00	580.00	0.00	30.50	1649.50	164.95	1484.55
000019	赵明丽	客户部	1700.00	800.00	10.00	30.50	2459.50	245.95	2213.55
000020	吴天生	技术部	1500.00	620.00	10.00	30.50	2079.50	207.95	1871.55
000021	苏丙	生产部	300.00	900.00	13.64	30.50	1155.86	0.00	1155.86
000022	罗正	生产部	260.00	780.00	23.64	30.50	985.86	0.00	985.86
000023	何玲俐	客户部	1460.00	0.00	10.00	30.50	1419.50	0.00	1419.50
000024	赵军	生产部	300.00	800.00	0.00	30.50	1069.50	0.00	1069.50
000025	吴明英	财务部	900.00	500.00	0.00	30.50	1369.50	0.00	1369.50

图 3-109 “实际工资”工作表

（7）通常企业在发放工资的时候，都有一张工资条，工资条中详细显示了该员工该月的工资情况，最后创建一张"工资条"表，如图 3-110 所示。

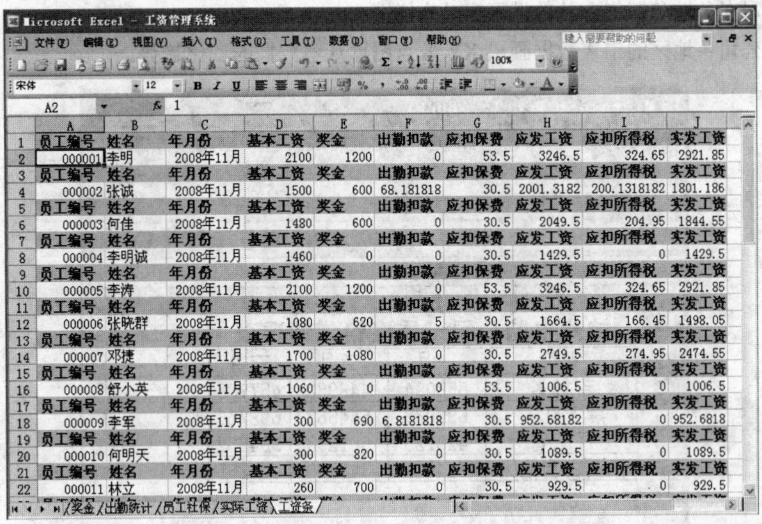

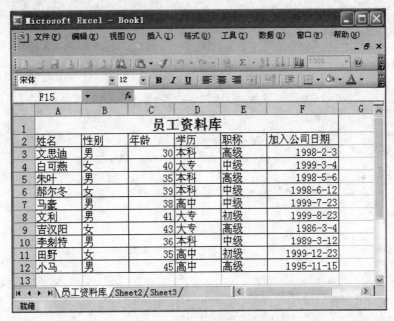

图 3-110 "工资条"工作表

2．通过对员工的性别进行分析，可知道企业男、女员工的比例是否协调；通过对员工的学历进行分析，可知道整个员工队伍的知识力量。根据如图 3-111 所示的工作表，对企业员工性别与学历透视分析，创建一张数据透视表。此外，对员工年龄结构进行分析，再在同一工作表中创建第二张数据透视表。

图 3-111 "员工资料库"工作表

3．根据如图 3-112 所示的工作表完成以下操作：

（1）分别以行和列为数据系列创建动态标准柱形图，并添加趋势线；

（2）编辑柱形图，输入图表标题"神州电脑公司一季度销售情况表"，并增加总计与合计数据；

（3）清除"辽宁省"数据系列，标注最高数据点；

（4）设置图表区域的背景填充效果，使图表美观大方；

（5）以公司在各地和销售合计数据画出动态饼图；

（6）根据公司各地区的销售数据画出 XY 散点图，观察数据的变化趋势。

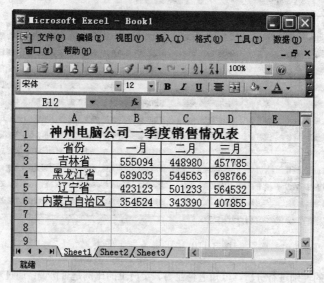

图 3-112　销售清单表

第 4 章　PowerPoint 2003 幻灯片高级应用

　　随着社会商业竞争的发展和 PPT 的广泛应用，PPT 的效果设计已经越来越多地影响到讲演者的成功与否，成为众多企业越来越重视的环节之一，从而衍生出专为大型企业设计 PPT 的相关职业。作为 PowerPoint 高级应用篇，本章提供了 PPT 高级实例设计方案，并从结构、布局、色彩、创意等方面介绍制作高水平 PPT 的实用技巧。

　　项目一　母版、模板与配色方案的使用　介绍了母版、模板与配色方案的概念及使用方法。

　　项目二　幻灯片放映　介绍了幻灯片切换方式、动画方案及自定义动画的使用。

　　项目三　幻灯片多媒体效果　介绍了如何插入并设置多媒体剪辑，添加并播放音乐、影像、动画，设置声音效果，录制语音旁白和添加批注。

　　项目四　演示文稿输出　介绍了将演示文稿打包成文件夹、发布成 WEB 页的方法，演示文稿的安全设置及宏的使用。

项目一　母版、模板与配色方案的使用

项目目标

1. 掌握母版的概念，能够编辑并使用母版。
2. 掌握内容模板、设计模板、传统应用模板的使用，能运用并禁用多重模板。
3. 掌握使用、创建、修改、删除、复制配色方案。

项目综述

　　小王是个体育迷，对奥运会更是痴迷。正巧2008年的奥运会在北京召开，他再也坐不住了，他萌发了一个想法，想把关于奥运的知识介绍给大家，让更多的人了解奥运、熟知奥运。PowerPoint 制作的演示文稿是最好的宣传形式。他决定使用母版和模板构建出整个演示文稿各个幻灯片的风格，使用配色方案来装饰各个幻灯片，使得它们更加漂亮。我们一起来看看小王是如何制作的吧。

相关知识点

1. 母版

　　母版是用来统一设置演示文稿中每张幻灯片格式的。所谓"母版"就是一种特殊的幻灯片，它包含了幻灯片文本和页脚（如日期、时间和幻灯片编号）等占位符，这些占位符，控制了幻灯片的字体、字号、颜色（包括背景色）、阴影和项目符号样式等版式要素。母版通常包括幻灯片母版、标题母版、讲义母版、备注母版四种形式。

2. 模板

　　模板是指预先设计了外观、标题、文本图形格式、位置、颜色以及演播动画的一种以特殊格式保存的演示文稿，一旦我们用了一种模板后，幻灯片的背景图形、配色方案等就都已经确定了。

　　PowerPoint 提供两种模板：设计模板和内容模板。设计模板包含预定义的格式和配色方案，可以应用到任何演示文稿中创建独特的外观。内容模板不仅包含了与设计模板类似的格式和配色方案，而且还加上了带有文本的幻灯片，这些文本包含了针对特定主题提供的建议。

3. 配色方案

　　幻灯片配色方案就是重新应用或更改当前的颜色方案，或将当前颜色方案修改为另一不同的颜色方案，在 PowerPoint 中的"配色方案"其实也是一种特殊的模板。

　　配色方案可以更改8项元素的颜色，例如文本、背景、填充和强调文字所用的颜色。

实现方法及步骤

1. 母版的建立

　　幻灯片母版通常用来统一整个演示文稿的幻灯片格式，一旦修改了幻灯片母版，则所有采用这一母版建立的幻灯片格式也随之发生改变，有快速统一演示文稿的格式等要素。

　　（1）建立"奥运百科"幻灯片母版

　　① 启动 PowerPoint 2003，新建或打开一个演示文稿。

　　② 执行"视图"→"母版"→"幻灯片母版"命令，进入"幻灯片母版视图"状态，此时"幻灯片母版视图"工具条也随之被展开。如图4-1所示。

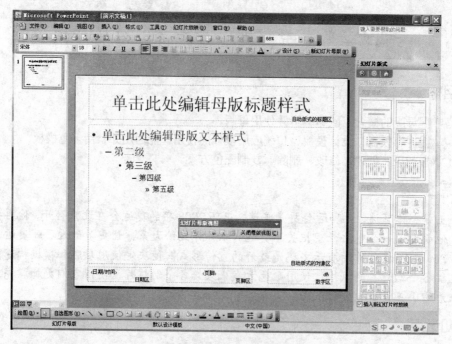

图 4-1　幻灯片母版视图

③ 右击"单击此处编辑母版标题样式"字符，在随后弹出的快捷菜单中，选"字体"选项，打开"字体"对话框。设置好相应的选项后【确定】返回。如图 4-2 所示。

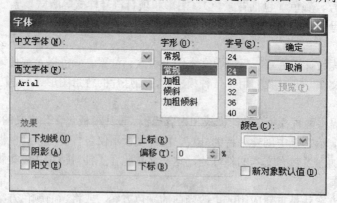

图 4-2　"字体"对话框

④ 然后分别右击"单击此处编辑母版文本样式"及下面的"第二级、第三级……"字符，仿照上面第③步的操作，设置好相关格式。

⑤ 分别选中"单击此处编辑母版文本样式"、"第二级、第三级……"等字符，执行"格式"→"项目符号和编号"命令，打开"项目符号和编号"对话框，设置一种项目符号样式后，【确定】退出，即可为相应的内容设置不同的项目符号样式。

⑥ 执行"视图"→"页眉和页脚"命令，打开"页眉和页脚"对话框，切换到"幻灯片"标签下，即可对日期区、页脚区、数字区进行格式化设置。

⑦ 执行"格式"→"背景"→"填充效果"命令，打开"填充效果"对话框，选择"渐变→双色"，"颜色 1"为白色，"颜色 2"为蓝色，"底纹样式"为"中心辐射"。如图 4-3 所示。

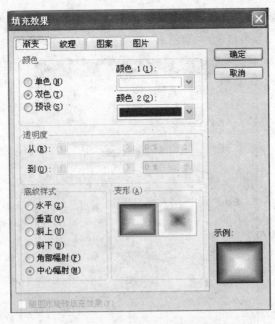

图 4-3 "填充效果"对话框

⑧ 执行"插入"→"图片"→"来自文件"命令，打开"插入图片"对话框，在"母版素材"文件夹中定位到事先准备好的图片——"奥运百科.jpg"，选中该图片将其插入到母版中，并定位到合适的位置上。

⑨ 在"日期区"中输入"Olympic Game"，在"页脚区"中输入"奥运百科"。

⑩ 右击左侧窗格中的幻灯片母版，选择"重命名"，输入"奥运百科"。至此"奥运百科"幻灯片母版制作完成。如图 4-4 所示。

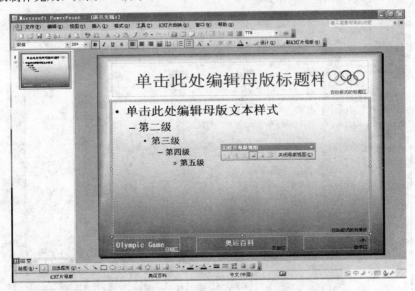

图 4-4 "奥运百科"幻灯片母版

（2）建立"北京奥运"幻灯片母版

① 重复建立"奥运百科"幻灯片母版步骤①到⑥编辑母版标题样式和文本样式。

② 执行"格式"→"背景"→"填充效果"命令，打开"填充效果"对话框，选择"渐变"→"双色"，"颜色1"为白色，"颜色2"为蓝色，"底纹样式"为"水平"。如图4-5所示。

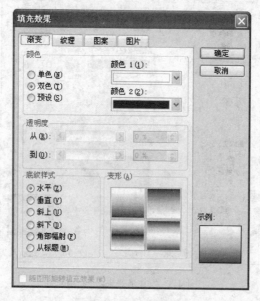

图4-5 填充效果

③ 执行"插入"→"图片"→"来自文件"命令，打开"插入图片"对话框，在"母版素材"文件夹中将五个福娃图片插入到母版中，并定位到相应的位置上。

④ 在"日期区"中输入"Olympic Game"，在"页脚区"中输入"北京奥运"。

⑤ 右击左侧窗格中的幻灯片母版，选择"重命名"，输入"北京奥运"。至此"奥运百科"幻灯片母版制作完成。如图4-6所示。

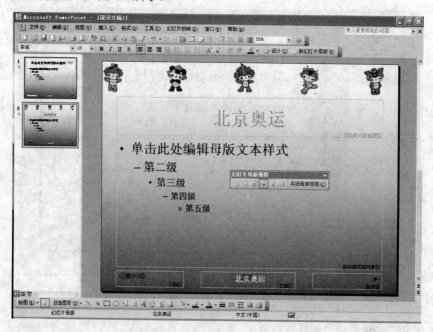

图4-6 "北京奥运"幻灯片母版

（3）建立"精彩瞬间"幻灯片母版

① 背景格式如"北京奥运"母版

② 执行"插入"→"图片"→"来自文件"命令，打开"插入图片"对话框，在"母版素材"文件夹中将"精彩瞬间"图片插入到母版中，并定位到相应的位置上。

③ 在"页脚区"中输入"精彩瞬间"。

④ 右击左侧窗格中的幻灯片母版，选择"重命名"，输入"精彩瞬间"。至此"精彩瞬间"幻灯片母版制作完成。如图 4-7 所示。

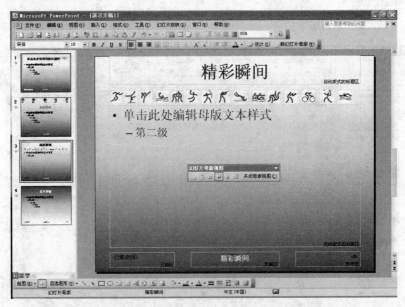

图 4-7　"精彩瞬间"幻灯片母版

（4）建立"各方评价"幻灯片母版

参照前面的操作，创建"各方评价"幻灯片母版。如图 4-8 所示。

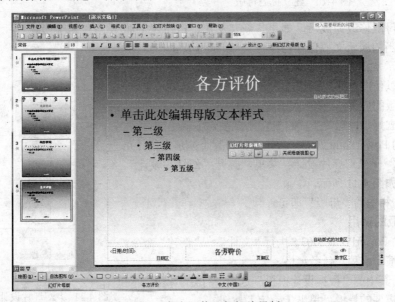

图 4-8　"各方评价"幻灯片母版

（5）建立标题母版

前面提到，演示文稿中的第一张幻灯片通常使用"标题幻灯片"版式。现在我们就为这张相对独立的幻灯片建立一个"标题母版"，用以突出显示演示文稿的标题。

① 在"幻灯片母版视图"状态下，按"幻灯片母版视图"工具条上的【插入新标题母版】按钮，进入"标题母版"状态。如图 4-9 所示。

图 4-9 "插入新标题母版"按钮

② 仿照上面"建立奥运百科幻灯片母版"的相关操作，设置好"标题母版"的相关格式。

③ 设置完成后，退出"幻灯片母版视图"状态即可。如图 4-10 所示。

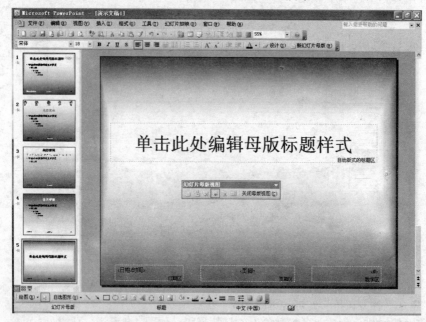

图 4-10 建立标题母版

注意：母版修改完成后，如果是新建文稿，请仿照上面的操作，将当前演示文稿保存为模板（"演示母版.pot"），供以后建立演示文稿时调用；如果是打开的已经制作好的演示文稿，则可以仿照下面的操作，将应用到相关的幻灯片上。

（6）母版的应用

母版建立好了以后，下面将其应用到演示文稿上。

① 启动 PowerPoint 2003，新建或打开某个演示文稿。并执行"格式"→"幻灯片设计"菜单，打开"幻灯片设计"任务窗格。如图 4-11 所示。

② 单击相应的"母版"即可。

2. 模板的调用

① 启动 PowerPoint 2003，执行"文件"→"新建"命令，展开"新建演示文稿"任务窗格。

② 单击其中的"根据设计模板"选项，打开"模板"对话框，选中需要的模板，单击【确定】按钮。

图 4-11 "幻灯片设计"任务窗格

③ 根据制作的演示的需要，对模板中相应的幻灯片进行修改设置后，保存一下，即可快速制作出与模板风格相似的演示文稿。

若要将下载的模板应用到自己的 PPT 中，首先在网络上查找自己喜欢的 PPT 模板，保存到本地硬盘上。然后打开 PPT 新建文档，在"格式"菜单中打开"幻灯片设计命令"，在任务窗格下方单击【浏览】按钮，打开"应用模板"对话框，找到 PPT 模板文件，单击【应用】按钮，模板文件出现在应用设计模板窗口中。双击"改模板"就可以应用了。

3. 配色方案的使用

通过配色方案，可以将色彩单调的幻灯片重新修饰一番。其具体操作步骤如下。

① 在"幻灯片设计"任务窗格中，点击其中的"配色方案"选项，展开内置的配色方案。如图 4-12 所示。

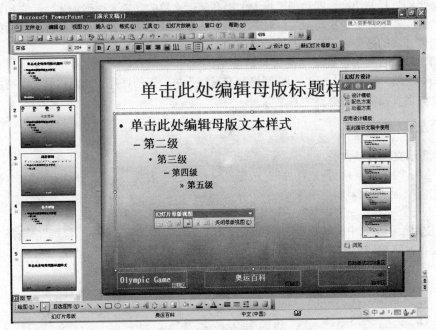

图 4-12 "配色方案"选项

② 选中一组应用了某个母版的幻灯片中任意一张，单击相应的配色方案，即可将该配色方案应用于此组幻灯片。

项目二 幻灯片放映

项目目标

1. 能够使用动画方案并自定义动画。
2. 掌握幻灯片切换方式，熟练使用动作按钮。
3. 掌握幻灯片的选择放映。

项目综述

经过几天的努力，小王完成了演示文稿中各个幻灯片的结构和风格，并且把奥运相关的知识添加了进去。当他把他的杰作放映给小李看时，小李笑着说："幻灯片的结构和内容都不错，但好像放映时太生硬了，吸引不了观众"。小王说 "哦！我听说过 PowerPoint 在放映时可以对幻灯片内容设置很多动画效果，不过，我技术不行啊！"小李说："这还不容易，跟我学！"

相关知识点

1. 自定义动画的使用

自定义动画是指对文本或其他对象设置的特殊视听效果。通过添加动画效果，使放映的过程能够控制信息的流程、突出重点、使之更加活泼有趣。PowerPoint 2003 还提供了多种精美的动画方案，用户可以轻松地套用到自己的幻灯片中去。

2. 幻灯片切换的设置

为每张幻灯片的切换设置动画，将大大提高演示文稿的动感，增强趣味性。它和自定义动画之间的区别在于：自定义动画是针对单张幻灯片里面的文字或者图片对象等的动画效果，而幻灯片切换针对的是整张幻灯片的过渡效果。

3. 幻灯片的网格设置及绘图工具的使用

利用"绘图"工具栏上的"绘图/网格和参考线"来设置幻灯片上的网格线，以网格线为标准可以准确地使幻灯片中的各个对象对齐。

实现方法及步骤

1. 演示文稿片头制作

① 点击"插入"→"新幻灯片"，选择"只有标题"版式，输入"北京奥运宣传"标题，定位至相应位置。

② 点击"插入"→"图片"→"来自文件"，选择"北京奥运宣传.jpg"

③ 使用绘图工具中的椭圆工具，绘制出四个圆，点击"格式"→"背景"，选择"黄色"作为填充色，选中四个圆，点击"绘图"→"组合"。将"奥运百科"、"北京奥运"、"精彩瞬间"和"各方评价"以艺术字的形式放至在圆上。如图 4-13 所示。

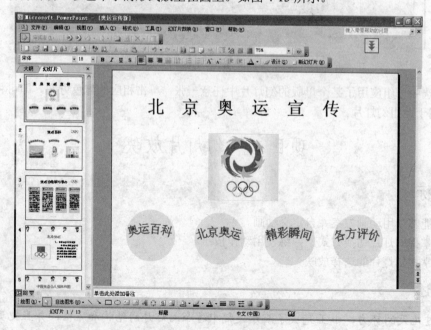

图 4-13　片头制作

④ 点击"幻灯片放映"→"自定义动画"。如图4-14所示。

a. 对标题设置"进入"中的"空翻"效果。

b. 对图片设置"进入"中的"百叶窗"效果，"方向"为"水平"。

c. 分别设置四个艺术字，效果为"进入"中的"上升"。

2．"奥运百科"方面幻灯片制作

（1）"奥运百科"幻灯片制作

① 点击"插入"→"新幻灯片"，选择"标题和文本"版式，输入"奥运百科"标题，定位至相应位置。

② 插入图片和艺术字至相应位置。如图4-15所示。

图4-14　自定义动画　　　　　　图4-15　"奥运百科"幻灯片

③ 点击"幻灯片放映"→"动画方案"，选择"典雅"。如图4-16所示。

（2）"奥运会组织与举办"制作

① 点击"插入"→"新幻灯片"，选择"标题和文本"版式，输入"奥运会组织与举办"标题，定位至相应位置。

② 点击"自选图形"→"基本形状"→"圆角矩形"，画出一个圆角矩形，设置填充色，右击圆角矩形选择"编辑文本"，输入"奥运会火炬"，再使用"三角形"工具绘制一个三角形，使用"绘图"→"翻转或翻转"→"垂直翻转"，将圆角矩形和三角形组合起来。

③ 在圆角矩形下方画出矩形，设置填充色，并右击选择"编辑文本"，输入相应的文本，并设置"文本框"属性中的"自选图形中的文本换行"。

④ 使用相同的方法，制作出其余三个。如图4-17所示。

⑤ 制作动画效果。

a. 点击"幻灯片放映"→"自定义动画"，对四个圆角矩形均设置"切入"效果，"方式"为"自左侧"，"开始"为"之后"。

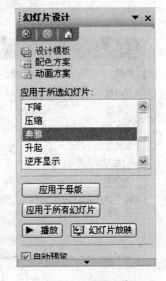

图4-16　动画方案

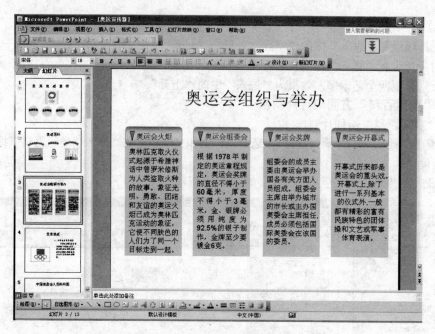

图 4-17　"奥运会组织与举办"幻灯片

　　b. 点击"幻灯片放映"→"自定义动画"，对第一个矩形设置"进入"→"切入"效果，"方式"为"自顶部"，双击"自定义动画"中相应的按钮，选择"计时"→"触发器"，选择"单击下列对象时启动效果"→"组合 3"。如图 4-18 和图 4-19 所示。

　　c. 点击"幻灯片放映"→"自定义动画"，对第一个矩形设置"退出"→"切出"效果，"方式"为"自顶部"，双击"自定义动画"中相应的按钮，选择"计时"→"触发器"，选择"单击下列对象时启动效果"→"组合 3"。

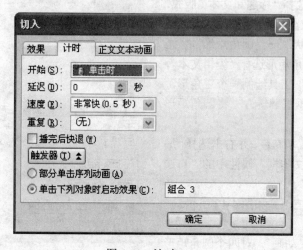

图 4-18　计时 1

图 4-19　触发器 1

　　d. 依次为其余三个矩形设置相同的效果，使得单击圆角矩形能够切入和切出下面所对应的矩形文本。

　　⑥ 通过模板为幻灯片设置相同格式。选中第二张和第三张幻灯片，点击"格式"→"幻灯片设计"，选择在项目一中制作的"奥运百科"模板。如图 4-20 所示。

图 4-20　"奥运百科"模板

3. "北京奥运"方面幻灯片制作

（1）"北京奥运"幻灯片制作

　　① 点击"插入"→"新幻灯片"，选择"标题、剪切画和文本"版式，插入相应的图片，并输入相应的文本。

　　② 调整图片与文字的位置。如图 4-21 所示。

（2）"中国奥委会人员机构图"幻灯片制作

　　① 点击"插入"→"新幻灯片"，选择"标题和内容"版式，输入标题。

　　② 单击"插入组织结构图"。如图 4-22 所示。

图 4-21　"北京奥运"幻灯片　　　　　　　　　图 4-22　插入组织结构图

　　③ 在顶层框中输入"中国奥委会"，在"组织结构图"工具栏上选择"插入形状"→"助手"，输入"秘书处"。"财务部"和"体育部"均只有一个下属，"科教部"有两个下属，可以通过"组织结构图"工具栏上选择"插入形状"→"下属"来得到。如图 4-23 所示。

（3）"奖牌榜"幻灯片制作

　　① 点击"插入"→"新幻灯片"，选择"标题和文本"版式。

　　② 输入标题和表格。如图 4-24 所示。

（4）"我国历届奖牌数"幻灯片制作

　　① 点击"插入"→"新幻灯片"，选择"标题和图表"版式。

　　② 双击出现"数据表"，在表中添加信息。如图 4-25 所示。

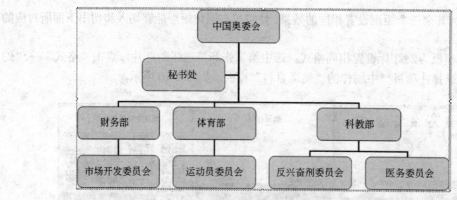

图 4-23　组织结构图

2、奖牌榜

名次	国家或地区	金牌	银牌	铜牌	总数
1	中国	51	21	28	100
2	美国	36	38	36	110
3	俄罗斯	23	21	28	72

图 4-24　奖牌榜

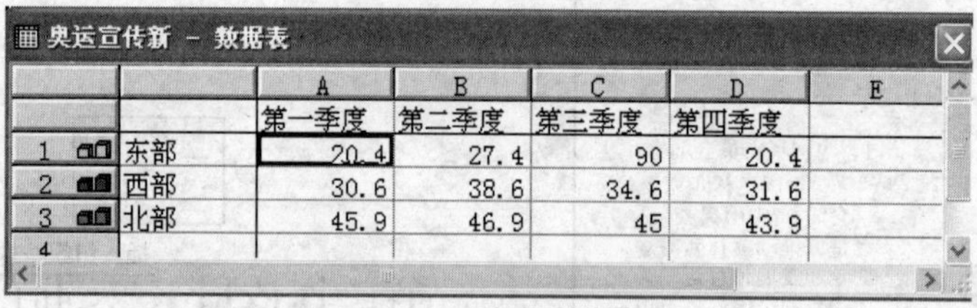

奥运宣传新 - 数据表		A 第一季度	B 第二季度	C 第三季度	D 第四季度	E
1	东部	20.4	27.4	90	20.4	
2	西部	30.6	38.6	34.6	31.6	
3	北部	45.9	46.9	45	43.9	
4						

图 4-25　数据表

③ 关闭数据表后，即形成表格。如图 4-26 所示。

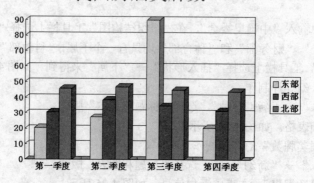

我国历届奖牌数

图 4-26　历届奖牌数

（5）"场馆建设"幻灯片制作

① 点击"插入"→"新幻灯片"，选择"标题和内容"版式。

② 输入标题，插入图片，并输入艺术字。如图 4-27 所示。

3、场馆建设

国家体育场

国家游泳中心

奥体水上中心

图 4-27 "场馆建设"幻灯片

③ 选择文字"国家体育场"，点击"幻灯片放映"→"自定义动画"→"进入"→"升起"，双击"自定义动画"中相应的按钮，选择"计时"→"触发器"，选择"单击下列对象时启动效果"→"组合 3"。如图 4-28 和图 4-29 所示。

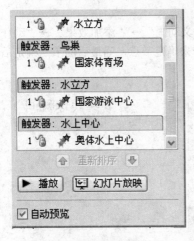

图 4-28 计时 2

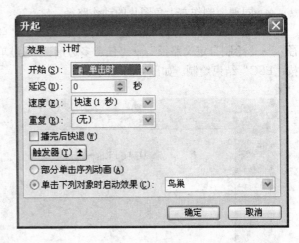

图 4-29 触发器 2

（6）通过模板为幻灯片设置相同格式

选中第四张幻灯片，按住 Shift 再选择第八张幻灯片，点击"格式"→"幻灯片设计"，选择我们在项目一中制作的"北京奥运"模板。如图 4-30 所示。

图 4-30 "北京奥运"模板

4. "精彩瞬间"方面幻灯片制作

（1）"乒乓球瞬间"幻灯片制作

① 点击"插入"→"新幻灯片"，选择"空白"版式，插入五个相应的图片。

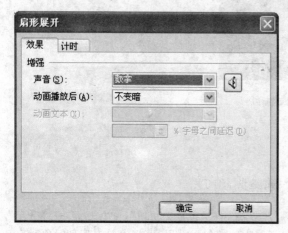

图 4-31 "扇形展开"对话框

② 选中中央的图片，设置"扇形展开"的动画效果，并设置"鼓掌"的声音。如图 4-31 所示。

③ 选中左上角图片，点击"幻灯片放映"→"自定义动画"→"添加效果"→"动作路径"→"对角线向右下"，其中绿色一端为起点，红色一端为终点。再次添加一个圆形路径，点击"幻灯片放映"→"自定义动画"→"添加效果"→"动作路径"→"其他动作路径"→"圆形扩展"，旋转圆形使得"直线"路径的终点与"圆形"路径的起点重合，并将"圆形扩展"路径的"开始"设为"之后"。如图 4-32 所示。

④ 同理，制作右上角图片的动作路径。

⑤ 选中左下角图片，点击"幻灯片放映"→"自定义动画"→"添加效果"→"动作路径"→"绘制自定义路径"→"任意多边形"，通过单击来确定节点，当最后的节点确定后，按"ESC"结束绘制。如图 4-33 所示。

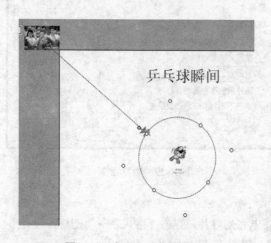 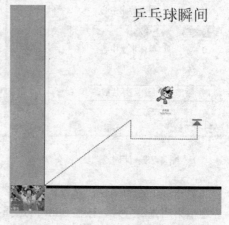

图 4-32 自定义动作路径　　　　　图 4-33 多边形自定义动作路径

⑥ 同理，制作右下角图片的动作路径，四个图片的路径动画完成。如图 4-34 所示。

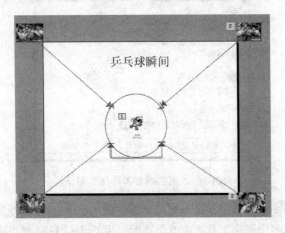

图 4-34 "乒乓球瞬间"自定义动作路径

（2）"射箭瞬间"幻灯片制作

① 点击"插入"→"新幻灯片"，选择"空白"版式，在相应位置插入图片，选择"自选图形"→"标注"，填充黄色，并添加文字。如图 4-35 所示。

射击瞬间

图 4-35 "射击瞬间"幻灯片

② 设置第一个图片的动画效果为"缩放"，接下来的三个图片的动画效果为"升起"，"开始"为"之后"。各个"标注"的效果也是"缩放"。

（3）"赛场花絮"幻灯片制作

① 新建一张幻灯片，打开"视图"菜单的"网格线和参考线"命令。如图 4-36 所示。

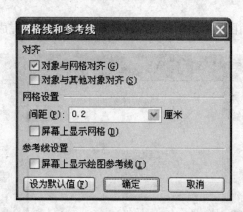

图 4-36 "网格线和参考线"对话框

② 插入艺术字，类型为第一个，内容为"北京奥运旋转相册"，设置成圆形布局。

③ 使用绘图工具栏中圆形工具画出八个小圆，用 Ctrl+C 复制,把小圆按圆周排列。

④ 在圆形中填充图片，右击小圆，选择"自选图形格式"→"颜色和线条"，将"颜色"设置为"填充效果"→"图片"，选择素材中的图片，依次使用其余图片填充其余小圆。如图 4-37 所示。

图 4-37 旋转相册布局

⑤ 定义动画效果。可以通过给幻灯片中的文本和图片添加动画效果，使幻灯片在放映时更加富有激情和活力。 PPT 不仅可以在演示中使文字和图片对象都具有动画效果，还可以设置幻灯片对象的自定义动画效果。

a. 选中艺术字，选择自定义动画"添加效果"中的"强调"命令，再选择"陀螺旋"，"开始"为"之后"，"数量"为"360°逆时针"，"速度"为"非常慢"（如图 4-38 所示）。

b. 将十二个小圆全部选中，设置"组合"，然后单击右键，在快捷菜单中选择自定义动画添加效果中的"强调"命令，再选择"陀螺旋"，"开始"为"之前"，"数量"为"360°顺时针"，

"速度"为"非常慢"。如图 4-39 所示。

图 4-38 艺术字动画效果   图 4-39 组合圆动画效果

（4）通过模板为幻灯片设置相同格式

选中第四张幻灯片，按住 Shift 再选择第八张幻灯片，点击"格式"→"幻灯片设计"，选择我们在项目一中制作的"精彩瞬间"模板。如图 4-40 所示。

图 4-40 "精彩瞬间"模板

项目三 幻灯片多媒体效果

项目目标

1. 能正确地插入并设置多媒体剪辑，添加并播放音乐、影像、动画。
2. 设置声音效果、录制语音旁白和添加批注。

项目综述

"大家快来看小王的作品，效果不错！"小廖大声地喊到。办公室的同事都围了上去，都对小王的作品表示赞许，并对他献计献策。小吴说："小王，我这里还有刘欢唱的北京奥运的主题曲呢，把它加进去吧"。小杨说："我有奥运结束时的伦敦8分钟表演，加进去，添添彩"。小庄说："还有外界的评价啊，那我也想发表一些，把我的声音录制下来加进去，行吗？"小王说："大家的要求我都可以满足，不过得一个一个来。"

相关知识点

运用"插入"菜单插入声音文件、影像文件等多媒体，以及设置多媒体对象使用的方法和效果设置。注意正确使用对话框，正确使用插入对象文件的大小和文件的格式。

实现方法及步骤

1．背景音乐的插入

① 选择第一张幻灯片，点击"插入"→"影片和声音"→"文件中的声音"，选择"背景音乐.mp3"。

② 对"小喇叭"图标右击，选择"编辑声音对象"，将"播放选项"和"显示选项"均打勾选中。如图 4-41 所示。

图 4-41　"声音选项"对话框

2．"各方评价"方面幻灯片制作

"各方评价"方面中"外国媒体对开幕式评价"幻灯片的制作方式如下。

① 点击"插入"→"新幻灯片"，选择"标题和文本"版式，输入标题和文本内容。

② 点击"幻灯片放映"→"动作按钮"→"声音按钮"，在幻灯片中画出此按钮，将"动作设置"设为"播放"，内容为素材库文件夹中的"旁白.wav"。如图 4-42 所示。

外国媒体对开幕式评价

· 华盛顿邮报　

他将世界最优秀的运动员汇聚在全球电视观众面前，

图 4-42　外国媒体对开幕式评价

③ 如需自己录制语音旁白，则步骤如下。

a. 在普通视图的"大纲"选项卡或"幻灯片"选项卡上，选择要开始录制的幻灯片图标或缩略图。

b. 在"幻灯片放映"菜单上，单击"录制旁白"。如图 4-43 所示。

c. 单击"设置话筒级别"，按照说明来设置话筒的级别，再单击【确定】按钮。

d. 选择是嵌入旁白还是链接旁白。

e. 在幻灯片放映视图中，通过话筒语音输入旁白文本，再单击该幻灯片以换页。语音输入该幻灯片的旁白文本，再换至下一张幻灯片，依此类推。可以暂停和继续旁白。如图 4-44 所示。

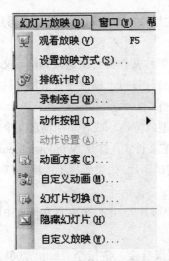

图 4-43　"录制旁白"菜单　　　　　图 4-44　"暂停旁白"控制菜单

④ 将评价的内容——"历时 7 年的准备，2008 北京奥运会开幕了。中国人要通过这场运动会庆祝他们五千年的历史，他们在 9.1 万现场观众以及世界上超过 40 亿电视观众面前，展示他们恢复大国地位的喜悦。"分割成若干个文本块，将第一个文本块选中，设置自定义动画为"擦除"，"方向"为"自左侧"，"速度"为"非常慢"，作为旁白的同步文字，再设置自定义动画为"擦除"，"开始"为"之后，""方向"为"自右侧"，"速度"为"非常块"，起到擦除文本的作用。

⑤ 将其他文本块设置为同样的效果，并将各文本块重叠在一起。如图 4-45 和 4-46 所示。

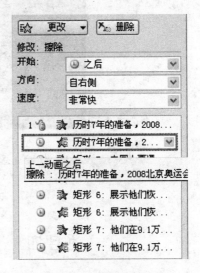

图 4-45　左侧擦除效果　　　　　图 4-46　右侧擦除效果

3. "谢谢观赏"幻灯片制作

① 点击"插入"→"新幻灯片"，选择"标题和文本"版式，输入标题和文本内容。

② 插入影片（数字视频文件）。

a. 在第一张标题幻灯片中添加一段影视文件，此处的"影片"是指桌面数字视频文件，其格式包括 AVI、MPEG、QUICKTIME 等，文件扩展名包括 .avi、.mov、.qt、.mpg 和 .mpeg

等。选择"插入"→"影片和声音"→"文件中的影片"命令即可插入一段影片。如图 4-47 所示。

b. 尽管插入影片的操作使用"插入"菜单，但影片文件将自动链接到演示文稿中，而不像图片或绘图一样嵌入到演示文稿中。如果要在另一台计算机上播放带有链接文件的演示文稿，则必须在复制该演示文稿的同时复制它所链接的文件。

c. 如果 PowerPoint 不支持某种特殊的媒体类型或特性，或者不能播放某个声音文件，可以尝试插入一个 Windows Media Player 对象来播放它。首先，打开 Windows Media Player 并从"文件"菜单上打开文件，以在 PowerPoint 环境外测试影片。如果影片不能播放，Windows Media Player 会给出详细的错误。

③ 点击"插入"→"影片和声音"→"文件中影片"，定位至素材文件夹中的"伦敦8分钟.wma"。

④ 对"想了解更多北京奥运的信息"创建超级链接，链接至"http://2008.olympic.cn/"网页。

<h1 style="text-align:center">谢谢观赏</h1>

我们2012伦敦再见

想了解更多北京奥运的信息

图 4-47 "谢谢观赏"幻灯片

<h1 style="text-align:center">项目四　演示文稿输出</h1>

项目目标

1. 掌握将演示文稿打包成文件夹的方法。
2. 掌握将演示文稿发布成 WEB 页的方法。
3. 掌握演示文稿的安全设置。
4. 了解宏的使用。

项目综述

　　小王带上他的作品，来到同学小张家，想让他这个电脑专家提提意见。"我的电脑昨天重装系统了，还没来得及安装 Office 呢？"小张的一句话让小王的目的落了空。"别急，正好我可以教你怎么把它打包，这样就可以在任何环境下运行了。不仅这样，我还可以把它发布成 WEB 网页，放到我的个人主页上去，让更多的网友来分享这一成果。"小张一边说一边教小王做了起来。

相关知识点

1．打包

　　在将制作好演示文稿复制到其他电脑中进行播放时，由于其他电脑没有安装 PowerPoint 软件，则无法正常播放。如果需要正常播放，可以利用打包的方法来实现。

　　使用"文件"菜单将幻灯片打包成文件夹或刻录成 CD 盘，注意使用快捷菜单操作和对话框的选项、文件打包后所存放的路径及宏运行的方式。

2．宏的使用

　　在 PowerPoint 中，也可以通过录制宏，来自动完成一系列操作。

　　执行"工具"→"宏"→"录制新宏"命令，打开"录制新宏"对话框，输入一个名称，按下【确定】按钮进行录制。如图 4-48 所示。

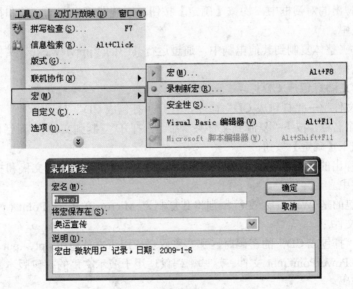

图 4-48　"录制新宏"对话框

　　① 根据需要，将要录制的过程操作一遍，然后按下"停止录制"按钮，退出录制状态。

　　② 执行"工具"→"宏"→"宏"命令，打开，双击其中的宏，即可运行该宏。如图 4-49 所示。

实现方法及步骤

1．将演示文稿打包成文件夹

　　① 启动 PowerPoint，打开相应的演示文稿文档。

② 执行"文件"→"打包成 CD"命令，如图 4-50 所示。

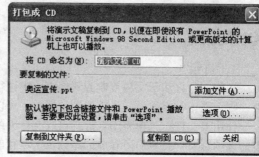

图 4-49 "宏"对话框　　　　　　　　图 4-50 "打包成 CD"对话框

③ 给定一个名称，按下"复制到文件夹"命令，打开"复制到文件夹"对话框。设置好保存名称及位置，按下【确定】按钮。

④ 在随后弹出的对话框中，均按【确定】按钮，系统即可将演示文稿和播放器等文件复制到上述文件夹中。

⑤将其文件夹整体复制到其他电脑中，通过运行其中的"pptview.exe"文件，即可正常播放相应的演示文稿了。

2. 将演示文稿打包成 CD

① 执行"文件"→"打包成 CD"命令，打开"打包成 CD"对话框。

② 给定一个名称，按下"复制到文件夹"命令，打开"复制到文件夹"对话框。设置好保存名称及位置，按下【确定】按钮。

③ 在随后弹出的对话框中，均按【确定】按钮，系统即可将演示文稿和播放器等文件复制到上述文件夹中。

④ 如果打包的是 Web 演示文稿，则将其复制为 Microsoft PowerPoint (.ppt) 文件，而不是 Web (.mht) 文件。

⑤ 当设置"打包成 CD"的密码时，那些密码会应用于文件包中.ppt、.pot、.pps 和已经转换为.ppt 文件的 PowerPoint.mht 文件。这些密码仅适用于演示文稿的打包版本，不影响在原始文件上设置的密码。

⑥ 如果选择嵌入（嵌入对象是包含在源文件中并且插入目标文件中的信息/对象。一旦嵌入，该对象成为目标文件的一部分。对嵌入对象所做的更改反映在目标文件中。）TrueType 字体，请记住 PowerPoint 不能嵌入具有内置版权限制的 TrueType 字体。最好在放映之前预览演示文稿，以查看它是否带有所需的所有字体。

注意：如果在"打包成 CD"对话框中选择"复制到 CD"，即可将演示文稿和播放器等文件记录刻录到 CD 上，制作成一张能自动播放的光盘。

3. 对演示文稿文件进行安全设置

① 打开"工具"菜单的"选项"对话框，选择"安全性"选项卡。如图 4-51 所示。

② 输入密码，按"确定"按钮。

4. 在 PowerPoint 演示文稿中打印幻灯片

若想把幻灯片打印出来校对一下其中的文字，但是一张纸只打印出一幅幻灯片，太浪费了，如何设置让一张纸打印多幅呢？

执行"文件"→"打印"命令，打开"打印"对话框，将"打印内容"设置为"讲义"，然后再设置一下其他参数，【确定】打印即可。如图 4-52 所示。

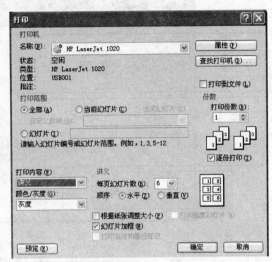

图 4-51 "安全性"选项卡　　　图 4-52 "打印"对话框

注意：a. 如果选中"颜色/灰度"下面的"灰度"选项，打印时可以节省墨水。

b. 如果经常要进行上述打印，将其设置为默认的打印方式：执行"工具"→"选项"命令，打开"选项"对话框，切换到"打印"标签下，选中"使用下列打印设置"选项，然后设置好下面的相关选项，【确定】返回即可。如图 4-53 所示。

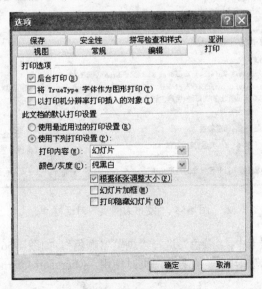

图 4-53 "选项"对话框

5. 将演示文稿保存为网页

将演示文稿保存为网页的具体操作步骤如下。

① 单击"文件"菜单中的"另存为网页"命令。在"另存为"对话框中，选择保存位置：如桌面，保存类型：单个文件网页，文件名：奥运宣传.htm ，单击【发布】按钮。如图 4-54 所示。

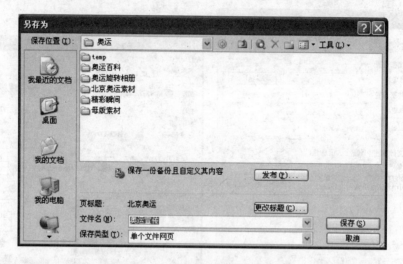

图 4-54 "另存为"网页文件对话框

② 在"发布为网页"对话框中，发布内容为"整个演示文稿"。单击【Web 选项】按钮，如图 4-55 所示。

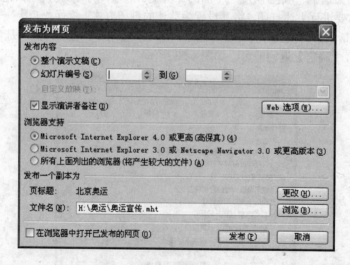

图 4-55 "发布为网页"对话框

③ 在"常规"选项卡中，"颜色"选择"浏览器颜色"。如图 4-56 所示。

④ 在"浏览器"选项卡中，"查看此网页时使用" Microsoft Internet Explorer 4.0 或更高版本。如图 4-57 所示。

⑤ 单击【确定】按钮。单击【发布】按钮。

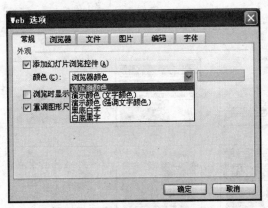

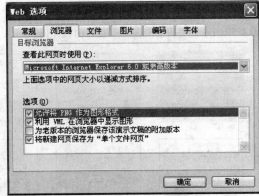

图 4-56 "常规" 选项卡　　　　　　　　图 4-57 "浏览器" 选项卡

习 题 4

1. 制作一个幻灯片母版。

（1）新建演示文稿，切换到幻灯片母版视图，将标题改为"粗体字"、"有阴影"，将原来的项目符号改为其他形状。

（2）为幻灯片统一添加对象。切换幻灯片母版视图，在母版上添加 3 个超级链接起点："前进"、"后退"和"转到目录幻灯片"。强调大小、颜色和位置。

（3）修改配色方案。将【强调和超级链接】的颜色改为"紫红色"，将【强调和尾随超级链接】的颜色改为"深绿色"。

2. 仿照图 4-58 所示的样例制作一个设计模板。

1

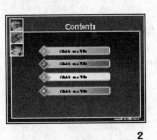
2

3

4

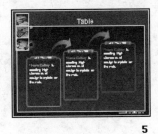
5

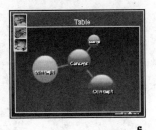
6

图 4-58 模板样例

3. 在网络上下载一个公司模板，应用到自己的 PPT 中。

4. 仿照实例制作一个具有动画效果的幻灯片。

5．仿照实例制作一个具有动画设计和动作按钮的超链接，且能多个页面幻灯片切换的幻灯片，图 4-59 所示的"美丽的西湖"素材由教师提供。

图 4-59 "美丽的西湖美景"幻灯片素材

6．以"美丽的西湖美景"幻灯片为基础，插入音乐，并按照幻灯片中的文本录制旁白解说词，插入一段影视文件。

7．将"美丽的西湖美景"幻灯片打包成文件夹。

8．将"美丽的西湖美景"幻灯片发布为网页。

9．完成《印象西湖》的 MV 制作。

第 5 章　实用工具软件

工具软件是指除操作系统、大型商业应用软件以外的一些软件，也是针对电脑用户某一需求的电脑辅助软件，其功能强大、针对性强、实用性好且使用方便，能帮助人们更方便、更快捷地操作计算机，使计算机发挥出更大的效能。

由于工具软件的种类繁多，我们根据软件的用途、使用频率以及操作难易程度，结合用户在学习、工作和生活中的使用特点，分三个项目进行介绍。

项目一　计算机杀毒软件　介绍瑞星和其他主流杀毒软件的安装、使用和设置。

项目二　系统维护工具软件　介绍系统优化工具超级兔子、磁盘备份工具一键GHOST 和硬盘数据恢复工具 EasyRecovery 的安装与使用。

项目三　其他工具软件　介绍解压缩软件 WinRAR、翻译软件金山词霸和下载工具迅雷的使用方法。

项目一　计算机杀毒软件

项目目标

1. 掌握瑞星杀毒软件的安装、使用和设置方法。
2. 了解其他主流杀毒软件。
3. 了解安全使用计算机的一些技巧。

项目综述

小李就快要从学校毕业了，这段时间他除了忙着找工作，就是专注于做毕业设计和写论文。这一天他和往常一样，正在通过网络查找与毕业设计相关的资料，却发现计算机运行速度变得很慢，而且浏览器又自动打开了很多广告页面，他手忙脚乱地想把这么多页面关闭掉，可计算机却死机了。他这才想起来前几天刚重装了系统却忘记了安装杀毒软件。

大家在使用计算机尤其是上网和使用 U 盘、移动硬盘的过程中，很难避免中病毒的情况发生，为了防治和清除电脑病毒，上网用户都会在自己的电脑上安装一款综合的病毒查杀软件。目前优秀的防病毒软件很多，通常都具有实时监控功能，可以做到实时杀毒、防范未知病毒，且具有防火墙的功能，使用户能够更安全地使用计算机。

相关知识点

1. 计算机病毒

计算机病毒是一个程序，一段可执行码。就像生物病毒一样，计算机病毒有独特的复制能力。计算机病毒可以很快地蔓延，又常常难以根除。它们能把自身附着在各种类型的文件上。当文件被复制或从一个用户传送到另一个用户时，它们就随同文件一起蔓延开来。计算机中了病毒的症状有很多，主要有系统可用空间变小，计算机死机现象增多，有的时候会丢失数据或程序，或者在磁盘下生成不可见的特定文件，系统不识别磁盘或无法打开磁盘等。

2. 瑞星杀毒软件介绍

瑞星杀毒软件是北京瑞星信息技术有限公司针对流行于国内外危害较大的计算机病毒和有害程序，自主研制的反病毒安全工具。用于对已知病毒、黑客等进行查找和实时监控，清除病毒、恢复被病毒感染的文件或系统，维护计算机系统的安全。其官方网站地址为 http://www.rising.com.cn，建议用户为了电脑的安全和方便升级数据库，购买其正式版光盘进行安装使用。

实现方法及步骤

1. 瑞星杀毒软件的安装

① 将瑞星杀毒软件安装光盘放入光驱，或直接双击网络下载下来的安装程序，程序运行后会弹出"语言"选择对话框。可以选择"中文简体"，点击【确定】开始安装。

② 进入安装欢迎界面，按安装向导提示进行操作，在"安装类型"窗口，可自行选择"全部"、"典型"、"最小"和"定制"四种安装类型中的一种进行安装，建议选择"全部"，以更好地使用瑞星杀毒软件的全部组件和工具程序。

③ 在"结束"窗口中，用户可以选择"运行设置向导"、"运行瑞星杀毒软件主程序"、"运行监控中心"和"运行注册向导"四项来启动相应程序，最后单击【完成】结束安装。

2. 瑞星工作界面

① 安装完成后，出现主程序界面，如图 5-1 所示。

图 5-1 瑞星杀毒软件主程序界面

② 主程序界面包含菜单栏、标签页和首页三个部分。在瑞星杀毒软件的首页中，显示了操作日志、瑞星信息中心和操作按钮三部分信息，其中"操作日志"为用户提供全面的操作日志信息；"电脑安检"可以对电脑进行安全检测"全盘杀毒"方便用户对整个计算机进行查杀病毒。

3. 查杀病毒

如果需要检测自己的电脑是否有病毒，或当电脑出现了运行速度下降、经常死机或使用过有病毒的文件及 U 盘等情况时，就需要使用瑞星对电脑内存和硬盘进行查杀病毒操作。综合大多数普通用户的通常使用情况，瑞星杀毒软件已预先做了合理的默认设置。因此，普通用户在通常情况下无须改动任何设置即可进行病毒查杀。

在主程序界面，选择"全盘杀毒"便切换到"杀毒"页面进行全盘杀毒。在"杀毒"页面可进行杀毒的相关设置，并选择"更多信息"查看杀毒进程和查杀结果。如图 5-2所示。

图 5-2 瑞星杀毒软件杀毒界面

4．瑞星设置

为了更好地使用瑞星杀毒软件，需要进行一系列的设置。单击主程序界面上的"设置"菜单，菜单包括"详细设置"、"监控设置"和"防御设置"等。其中"详细设置"菜单如图 5-3 所示。

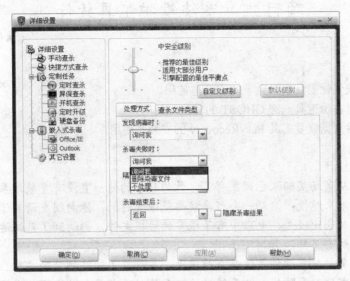

图 5-3 "详细设置"菜单界面

"详细设置"菜单可对查杀病毒的相关设置进行修改，比如可以将杀毒失败时的处理方法由"询问我"修改成"删除染毒文件"。

"监控设置"菜单可对文件监控、网页监控和邮件监控的相关设置进行修改，比如将网页监控设置中发现网页病毒的处理方法"询问我"修改成"直接跳过网页中的脚本"。

"防御设置"菜单可对主动防御的相关设置进行修改，比如对恶意行为检测项进行重新设置。

"监控设置"和"防御设置"菜单的设置方法与"详细设置"类似。

5．软件的升级

由于病毒的种类不断地更新，为了加强瑞星杀毒软件的查杀病毒能力，应该定期对杀毒软件进行升级，更新其病毒库。方法是在瑞星主程序界面上点击"软件升级"，在升级过程中不需要再进行任何操作，瑞星会自动完成整个升级过程。

6．其他常见主流杀毒软件介绍

除了瑞星杀毒软件，还有很多种优秀的防病毒软件，比如金山毒霸、卡巴斯基、诺顿、江民，还有 ESET NOD32 等，这些软件都具有较强的查杀病毒的能力，而且各有相应措施来为系统提供快速而全面的保护。另外，针对一些比较特殊的顽固病毒，可以使用专杀工具来消灭它们。例如，使用 QQ 时出现了发送的消息后面会附加一些其他消息的中毒症状，可以使用 QQ 病毒专杀工具；系统中了专门偷取用户资料的木马病毒，出现 QQ 密码、邮箱账号被盗的情况，可以使用木马克星来查杀。

7．安全使用电脑小技巧

这里再介绍一些使用电脑过程中，可以减少电脑感染病毒几率的方法和技巧：如上网时不要随意浏览不信任的站点，不接受来历不明的电子邮件，不下载没有经过安全认证的软件；使用 QQ、MSN 和邮箱后要清除其使用记录，如果软件提供了安全保护措施，要提前启用，比如

QQ 提供的"申请 QQ 密码保护"功能；使用来历不明的 U 盘、移动硬盘等可移动存储设备时，最好先进行查毒操作；如果局域网中某一台电脑出现了电脑病毒，应该立即断开其与网络的连接，避免传染给其他电脑，然后用杀毒软件全面杀毒；随时做好系统和重要数据的备份工作等。

项目二　系统维护工具软件

项目目标

1. 掌握系统优化工具超级兔子的安装与使用。
2. 掌握磁盘备份工具一键 GHOST 的安装与使用。
3. 掌握硬盘数据恢复工具 EasyRecovery 的安装与使用。

项目综述

小张的电脑从商场买回来已经半年了，作为新手的他一直没有重装过系统，最近发现电脑运行的速度越来越慢，启动一个程序就要花很长时间，他向朋友请教了一下，才了解由于系统使用的时间比较久，电脑中有了很多的垃圾文件，影响到了系统运行的速度，他很想重装一下系统却不知道如何下手。

由于现在计算机软、硬件系统越来越庞大，各种应用软件频繁的安装、卸载，再加上病毒、黑客的不断侵入和骚扰，给系统的运行和维护造成很大的麻烦。对于小张遇到的问题，可以使用专用的工具软件来解决。例如清除系统垃圾和优化系统可以使用超级兔子，安装操作系统可以用一键 GHOST 来完成。

系统维护属于高级操作，使用不当会造成巨大的损失。因此，在使用这些工具时要谨慎操作。

相关知识点

1. 超级兔子软件

超级兔子是一个完整的系统维护工具，可以清理文件、注册表里面的垃圾，同时还有强力的软件卸载功能。超级兔子标准版共有 9 大组件，可以优化、设置系统大多数的选项，并具有 IE 修复、IE 保护、恶意程序检测及清除功能。本章以超级兔子 2008.10 专业版为例进行介绍。专业版即在标准版基础上，还带有安全助手、桌面秀等功能。超级兔子的安装程序可以到 http://www.pctutu.com 网站下载。

2. 一键 GHOST 软件

当安装好操作系统之后，为了避免因意外造成需重装系统和软件带来的麻烦，可以通过备份工具将整个系统盘下的数据进行备份，当系统出现问题时再恢复系统。GHOST 是一个出色的硬盘备份工具，可以将一个磁盘上的全部内容复制到其他磁盘上，也可以将磁盘内容备份成映像文件，当整个系统瘫痪时，使用 GHOST 将备份的映像文件重新恢复到原来的硬盘，快速地让系统恢复到正常运行状态。

当前网络上 GHOST 的种类与版本有许多，用户可以根据自己对版本的了解情况选用。这里介绍的是"一键 GHOST"软件。"一键 GHOST"是"DOS 之家"首创的 4 种版本(硬盘版/光盘版/U 盘版/软盘版)同步发布的启动盘，适应各种用户需要，既可独立使用，又能相互配合。主要功能包括：一键备份 C 盘、一键恢复 C 盘、中文向导、GHOST 和 DOS 工具箱等。本章以一键 GHOST v2008.08.08 硬盘版为例来进行介绍。

3．EasyRecovery 软件

如果不小心误删了某些重要的文件，可以用数据恢复软件来恢复被误删的文件，而 EasyRecovery 就是一款功能非常强大的硬盘数据恢复工具，它可以从被病毒破坏或是已经完全格式化的硬盘中恢复数据，同时不会向磁盘写入任何东西，而是通过在内存中重建被删除文件的分区表让数据能够安全地传输到其他磁盘中。本章以 EasyRecovery Professional 6.12.02 汉化版为例来进行介绍。

实现方法及步骤

1．超级兔子

超级兔子的安装方法只需按照安装向导提示步骤进行即可。其主界面如图 5-4 所示。

图 5-4　超级兔子主界面

（1）超级兔子清理王

在超级兔子主界面中单击【清除垃圾，卸载软件】按钮，就打开了"超级兔子清理王"，可以优化操作系统，清除注册表和硬盘的垃圾。下面以清除硬盘中的垃圾文件为例讲解，其他优化选项的使用类似。

单击【清除垃圾，卸载软件】按钮，将弹出"超级兔子清理王"对话框，先选择左侧列表【清理系统】按钮，再选择【清除文件】选项卡，然后在文件列表框中选中要清除的项目对应的复选框，如清空回收站和 Windows 的临时文件夹，如图 5-5 所示。

单击【下一步】后，开始搜索无用文件，完成后显示搜索结果，单击【清除】按钮，便可以删除这些垃圾文件。如图 5-6所示。

（2）超级兔子魔法盾

在超级兔子主界面上单击【安全上网，文件夹隐藏】按钮就打开了超级兔子魔法盾，其功能主要是提供了计算机的全能保护，基础版主要是包括安全浏览器和隐藏文件/文件夹两大功能。其界面如图 5-7 所示。

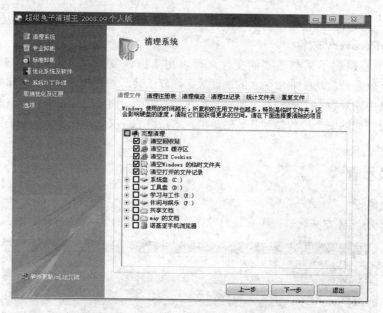

图 5-5　超级兔子清理王清理文件功能界面

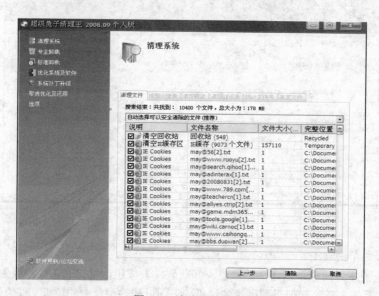

图 5-6　清除文件界面

　　在超级兔子魔法盾中，可以启动安全浏览器。安全浏览器可以提供一个隔离的运行环境，在浏览器中的行为无法影响操作系统，更减少了对操作系统存在危害的行为的发生，从而有助于系统的安全。

　　在超级兔子魔法盾的左侧列表中点击【隐藏文件，文件夹】按钮，可以从操作系统核心对指定的文件以及文件夹进行隐藏，隐藏后将无法查看指定的文件与文件夹。选择【添加】按钮，在对话框中选择需要隐藏的文件或文件夹即可。如图 5-8 所示。

　　（3）超级兔子升级天使

　　点击超级兔子主界面上的【最快地下载安装补丁】按钮，就打开了超级兔子升级天使，可以为软件升级提供更快的检测速度和下载速度，来保证系统永远处于安全状态。其界面如图 5-9

所示。

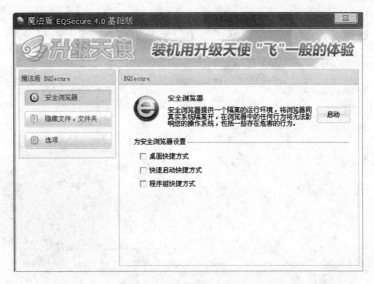

图 5-7　超级兔子魔法盾界面

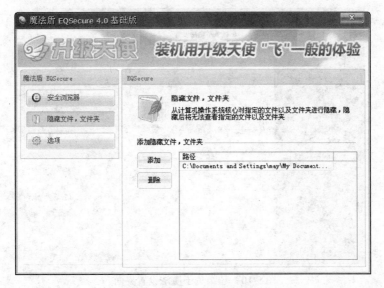

图 5-8　隐藏文件/文件夹界面

　　升级天使的功能包括 Windows 升级补丁、软件管理和装机必备软件，还提供了最新软件资讯和正在下载软件的状态信息等。

　　【Windows 升级补丁】可以检测操作系统是否存在安全漏洞，查看是否需要适用于所有的 Windows、程序、硬件或设备的更新程序，以保持计算机使用最新系统程序。

　　【软件管理】可以查看本机的软件安装情况并查看可用的更新。

　　（4）超级兔子魔法设置

　　点击超级兔子主界面上的【打造属于自己的系统】按钮就打开了超级兔子魔法设置，可以调整或设置系统中的各种参数，让系统运行得更加稳定，并能够打造个性化的电脑使用环境，包括启动程序、菜单、桌面及图标、网络、文件及多媒体和安全等项目。其界面如图 5-10

所示。

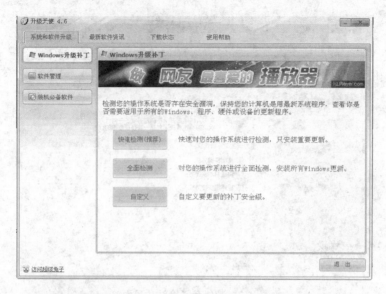

图 5-9　超级兔子升级天使界面

图 5-10　超级兔子魔法设置界面

　　超级兔子魔法设置左侧列表显示了其功能，可以设置系统的启动程序、计算机桌面及其图标、菜单等，下面以设置系统开机启动程序为例讲解。其他选项的设置类似。

　　点击【启动程序】，在【自动运行】选项卡内可以看到当前计算机开机启动的程序情况。如果希望在下次开机时不想让 360 安全卫士程序自动执行，则将其前面的勾取消，然后点击【应用】按钮。其界面如图 5-11 所示。

　　（5）超级兔子上网精灵

　　在超级兔子主界面中点击【保护 IE，清除 IE 广告】按钮就打开了超级兔子上网精灵，可以通过设置来保护 IE 和加强 IE 的安全性。

　　上网精灵设置的方法较为简单，只需在左侧的列表中单击相应的按钮，再在右侧窗格中选中或取消选中相应的选项，完成后单击【确定】按钮即可。

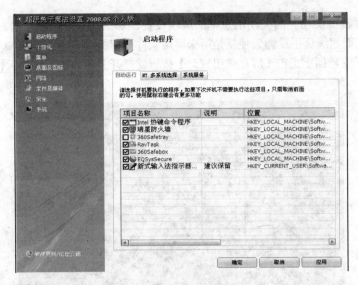

图 5-11 启动程序设置界面

比如在【综合设置】中，启用"禁止恶意网页修改 IE"。其界面如图 5-12所示。

图 5-12 超级兔子上网精灵界面

（6）超级兔子驱动天使

在超级兔子主界面上点击【最方便安装硬件驱动】按钮就打开了超级兔子驱动天使，可以自动监测所需的硬件驱动，完成一系列驱动的下载和安装。

在超级兔子驱动天使的"驱动程序信息"选项卡列表中，点击【系统设备驱动信息】按钮后，可以对计算机系统硬件驱动信息进行检测，提供无法识别的硬件所需驱动程序下载和安装，还有早期驱动程序的升级。还可以点击【一键安装系统驱动】，可以安装所有的硬件驱动。

（7）超级兔子反弹天使

现在很多软件在设计时都添加了弹窗功能，只要程序开启，有时在右下角系统托盘区弹出消息框，比如提醒用户有新版本产生、收到新消息等。但是有很多弹出窗口是广告等垃圾信息，如果软件自身并没提供相关的关闭消息框的选项设置，那用户只好自己一个一个进行手动关闭，非常麻烦。而超级兔子反弹天使就是用来屏蔽软件弹窗的。

在超级兔子主界面上点击【屏蔽弹出窗口】按钮就打开了超级兔子反弹天使界面。其界面如图 5-13 所示。

图 5-13　超级兔子反弹天使界面

在当前界面上点击【新增规则】按钮，或选择"规则设置"选项卡，便可以添加规则来屏蔽弹出窗口。下面以屏蔽 PPLive 的弹出窗口为例进行讲解。

在"软件名称"后填入"PPLive 网络电视"，单击"执行程序"后面的图标，添加 PPLive 的可执行程序，在"规则设置"选项窗中拖拽"瞄准器"按钮到弹窗广告，瞄准器将自动定位软件弹窗的位置，自动填写"规则设置"选项窗中余下的信息，如图 5-14 所示。对于一些固定标题或右下角的窗口勾选"匹配标题"、"右下角"等选项。

图 5-14　反弹天使规则设置

设置弹窗出现可以选择关闭窗口、隐藏窗口和不做任何操作三种拦截方式，并可以设置窗口弹出后多长时间执行选定的操作。如图 5-15 所示。

单击"保存规则"按钮对其进行保存。如果想将设置的规则作个备份或者与他人分享，可以点击"导出规则"进行导出。如果已有设置好的规则，可以直接使用"导入规则"进行导入。

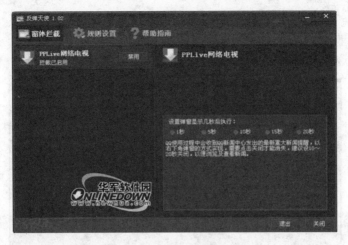

图 5-15　弹出天使拦截方式

（8）超级兔子 IE 修复专家

点击超级兔子主界面的【修复 IE，检测危险程式】按钮就打开了超级兔子 IE 修复专家，可以快速检测系统、清除木马和解决 IE 被非法网站修改等问题。如 IE 的默认网页被非法网站修改、IE 经常出错被非法关闭、IE 中了病毒等，都可使用超级兔子 IE 修复专家来解决。下面以 IE 的链接失效为例，用超级兔子 IE 修复专家进行修复，如图 5-16 所示。

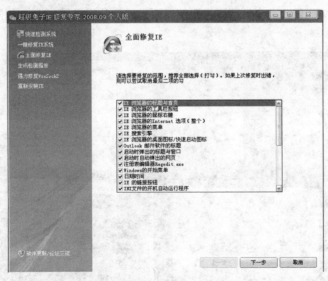

图 5-16　全面修复 IE 界面

在超级兔子 IE 修复专家界面左侧列表选择【全面修复 IE】按钮，此时在右侧窗格将提示用户选择修复的范围，这里保持默认设置，即全选，然后单击【下一步】按钮，便可完成修复功能。

（9）超级兔子系统检测

点击超级兔子主界面上的【查看硬件，测试电脑速度】按钮就打开了超级兔子系统检测。其功能是显示当前电脑软、硬件资料，测试系统速度等。

在超级兔子系统检测界面中，只需要单击相应的按钮，再根据提示进行操作即可。比如可以选择【硬件测试】，对 CPU 速度和显示器进行检测。

（10）超级兔子其他实用工具

超级兔子专业版在标准版的基础上增加了 9 个实用工具，如图 5-17所示。这些工具的使用界面都很直观，这里只做简单介绍。

图 5-17　超级兔子其他使用工具

① 超级兔子桌面秀：点击后可以在系统桌面上显示梦幻桌面、RSS 新闻、天气预报等信息，如图 5-18所示。

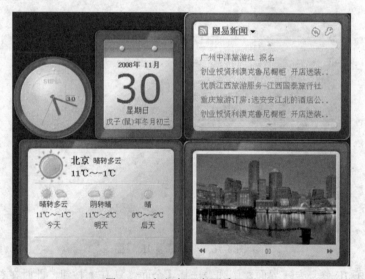

图 5-18　超级兔子桌面秀界面

② 超级兔子任务管理器：可以查看系统运行中的窗口、进程、模块、端口，还能得到常见进程的详细信息以及危险级别。

③ 超级兔子安全助手：这是一个非常实用的工具，可以保护电脑、硬盘、文件及文件夹，或者删除顽固文件。其界面如图 5-19 所示。

下面以给 F 盘下的 Word 文档"我的工作"加密为例，来说明安全助手的使用方法。

步骤 1，选择左侧的【加（解）密文件】按钮，选择右侧的单选框【加密文件】，点击【下一步】，选择【加入文件】按钮，在弹出的"打开"对话框中选择 F 盘下的"我的工作"文档，如图 5-20所示。

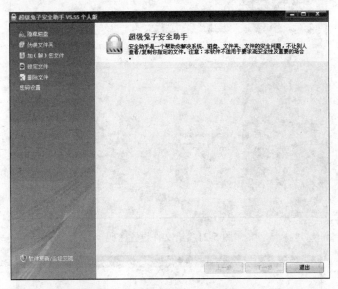

图 5-19　超级兔子安全助手界面

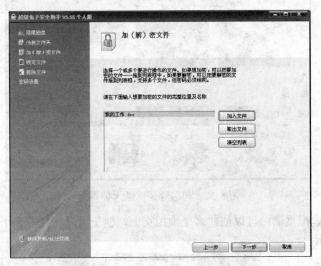

图 5-20　加入文件

　　步骤 2，选择【下一步】按钮，进入设置密码界面，如图 5-21所示。该界面可以按照其密码设置要求输入用户所需的密码，还可以选择"加密后删除源文件"。

　　步骤 3，密码设置完成后，点击【下一步】按钮，选择一个位置放置加密后的文件，便完成了加密文件的工作。

　　若需要查看加密后的文件，则用类似的方式解密文件即可。

　　④ 超级兔子虚拟磁盘加速器：可以将多余的内存模拟成磁盘，存放 IE 及系统的临时文件，加快读写速度，减少磁盘碎片。

　　⑤ 超级兔子内存整埋：可以对计算机内存进行快速整理和深度整理等功能。

　　⑥ 超级兔子壁纸天使：提供了各种规格分辨率的精美壁纸，如图 5-22 所示。

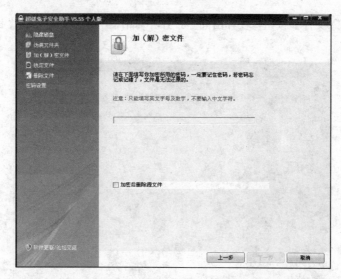

图 5-21 给文件设置密码

图 5-22 超级兔子壁纸天使界面

⑦ 超级兔子虚拟桌面：可以创建多个虚拟桌面，便于用户在打开多个任务的时候切换程序，如图 5-23 所示。

图 5-23 超级兔子虚拟桌面界面

⑧ 超级兔子快速关机：提供快速关机、定时关机和关机清除垃圾等功能。其界面如图 5-24 所示。

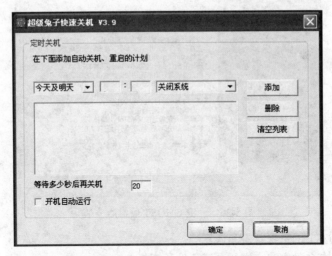

图 5-24　超级兔子快速关机界面

⑨ 超级兔子系统备份：可以选择备份的内容和路径、备份注册表、我的文档、收藏夹等内容。其界面如图 5-25 所示。

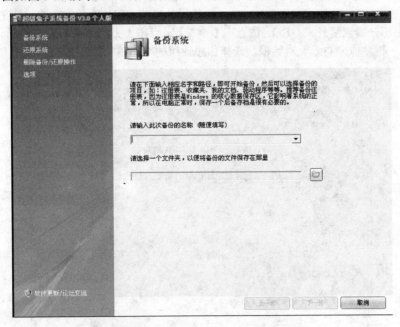

图 5-25　超级兔子系统备份界面

2．一键 GHOST 的使用

（1）一键 GHOST 的安装

将安装程序下载解压后，双击"一键 GHOST 硬盘版.exe"进行安装，如图 5-26 所示，按照安装向导提示直至完成，运行 键 GHOST 程序。

图 5-26　一键 GHOST 硬盘版安装

（2）一键 GHOST 的系统备份和恢复

一键 GHOST 有多种方法来进行系统备份和恢复。

第一种方法是在 Windows 下点击一键 GHOST 程序，运行后根据 C 盘映像是否存在会自动定位到不同的选项。

① 系统不存在一键 GHOST 生成的备份文件，则自动定位到"备份"选项上，如图 5-27所示。如果是第一次使用一键 GHOST，而且想使用外来的 GHOST 备份文件，则按照界面上的提示："如果想一键恢复外来 GHO，请点击【导入】"。点击上方的【导入】按钮后，会出现"导入（替换）一键映像来自于"对话框，选择你想使用的 GHOST 备份文件即可。

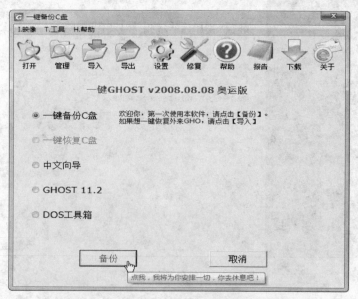

图 5-27　一键备份 C 盘界面

② 之前已经使用一键 GHOST 备份过，存在备份文件，则自动定位到"恢复"选项上，如图 5-28 所示。

第二种方法是在开机菜单处选择运行。计算机安装了一键 GHOST 后，开机时的 Windows菜单会如图 5-29 所示，增添了"一键 GHOST"菜单选项。

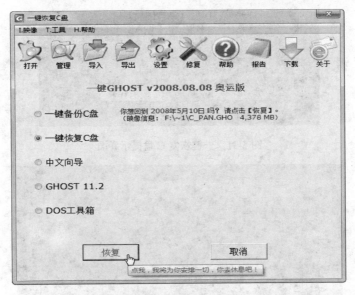

图 5-28 一键恢复 C 盘界面

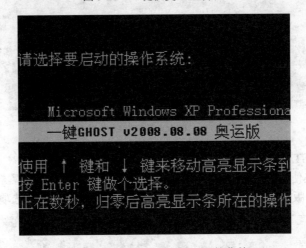

图 5-29 安装一键 GHOST 后的菜单

这种方法同样会根据 C 盘映像是否存在，会从主窗口自动进入不同的警告窗口。

① 不存在备份文件，则出现"备份"窗口，如图 5-30 所示。

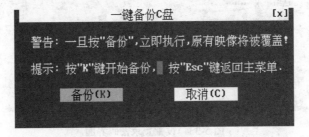

图 5-30 一键备份 C 盘提示界面

② 存在备份文件，则出现"恢复"窗口，如图 5-31所示。

选择【恢复】按钮出现了 GHOST 窗口，进行系统的恢复，如图 5-32所示。

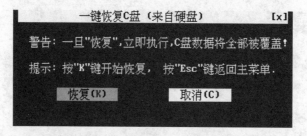

图 5-31　一键恢复 C 盘提示界面

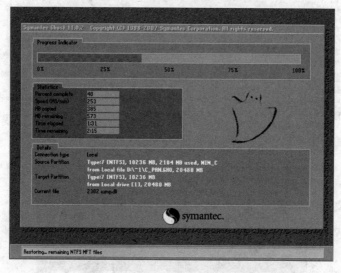

图 5-32　GHOST 恢复备份界面

（3）一键 GHOST 的设置

一键 GHOST 在使用的过程中用户可以自行设置许多选项，比如设置登录密码、设置引导模式和设置 GHOST 版本等，如图 5-33、图 5-34 和图 5-35 所示。其他选项操作与此类似。

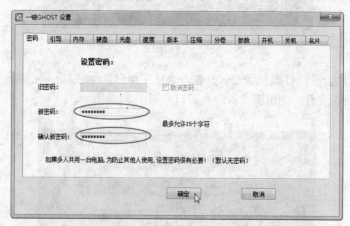

图 5-33　设置登录密码界面

3．EasyRecovery 的使用

（1）EasyRecovery 的界面

点击 EasyRecovery 的安装程序，直接按照向导提示安装完成后，打开其主程序，

EasyRecovery 的界面如图 5-36所示。

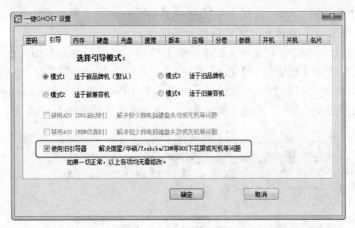

图 5-34 设置引导模式界面

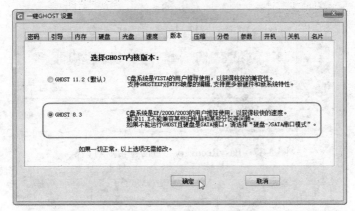

图 5-35 设置 GHOST 版本界面

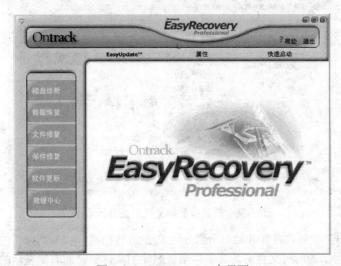

图 5-36 EasyRecovery 主界面

由于该版本是汉化版，因此大部分功能都是中文按钮。在主界面的上方横排三个选项卡为
EasyUpdate（升级）、属性和快速启动。左边选项卡为 EasyRecovery 的主要功能。

（2）EasyRecovery 的数据恢复功能

下面以使用 EasyRecovery 恢复 F 盘上已经被彻底删除的"操作系统概念(第六版).rar"文件为例。注意：恢复前不要对该分区进行任何写操作。

① 在主界面上左边选项卡选择【数据恢复】按钮，在操作界面右侧将出现关于数据恢复的多个按钮，这里单击【删除恢复】按钮。

② 系统出现一个"目的警告"对话框，如图 5-37 所示，提示 EasyRecovery 要求将文件恢复到除源位置以外的安全位置，单击【确定】后出现选择文件所在分区的界面，如图 5-38 所示。

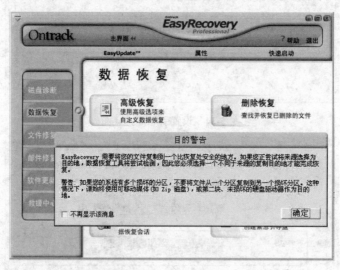

图 5-37　EasyRecovery"目的警告"对话框

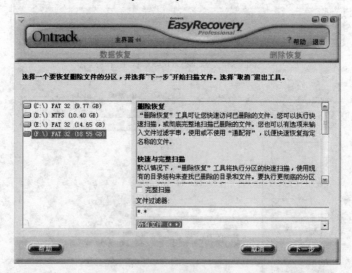

图 5-38　选择被删除文件所在分区界面

③ 选择"F:\"盘后软件即开始对所选分区 F 盘进行扫描，扫描结束后的对话框左侧列表中显示了在该分区下的所有文件夹，其中包括被删除的文件夹，而右侧显示的则是左侧选中文件夹下被删除的文件，这里选中要恢复的文件"操作系统概念(第六版).rar"，如图 5-39 所示。

④ 单击【下一步】按钮后在"恢复到本地驱动器"单选按钮右侧的文本框中设置恢复文件保存的位置（必须是另一个分区），输入"D:\"，我们便可以把文件恢复到 D 盘了。

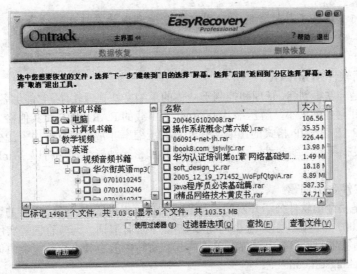

图 5-39　选择被删除文件的界面

通过 EasyRecovery 的"数据恢复"功能界面可以了解到，该软件不仅可以恢复被彻底删除的文件，还可以恢复已经被格式化了或损坏的磁盘分区中的文件。这两个功能可以分别选择"数据恢复"功能界面上的【格式化恢复】按钮和【高级恢复】按钮。这些功能的操作步骤类似。

（3）EasyRecovery 的其他功能

EasyRecovery 的【磁盘诊断】功能可以检测磁盘并测试潜在的硬件问题；【文件修复】可以修复损坏的 Access、Excel、PowerPoint、Word 和 Zip 文件；【邮件修复】可以修复损坏的 Microsoft Outlook 文件和 Microsoft Outlook Express 文件。这些功能的使用方法都可以按照软件的提示界面完成。

项目三　其他工具软件

项目目标

1．掌握解压缩软件 WinRAR 的使用方法。
2．掌握翻译软件金山词霸的使用方法。
3．掌握下载工具迅雷的使用方法。

项目综述

小赵很喜欢外语，常常从网络上下载一些英语资料来看，最近她发现了一个不错的网站：http://www.xunlei.com，使用里面的"搜索"功能可以查找到很多相关的资料，同时迅雷网站提供的下载软件可以快速地将资料下载到电脑上并保存起来。小赵下载了很多英语文本资料、英语学习软件，还有视频文件比如"Crazy English"等，使用非常方便，这也更激发了小赵学习外语的兴趣。

工具软件的主要作用就是满足用户的各种需求，除了系统维护工具以外，还有许多针对不同用户的不同需求的软件，比如文件管理软件、网络下载工具、翻译工具软件、视频播放工具、图形图像处理软件等。文件管理软件可以对计算机上的文件进行编辑与管理，较常用的如解压缩软件 WinRAR；网络下载工具可以方便地从网络上获取和传递信息，如迅雷、FlashGet 等；翻译工具软件如金山词霸，提供了丰富而准确的翻译功能，是用户学习外语的好帮手。这些工具软件能帮助用户充分地利用计算机和网络资源，提高工作效率。

相关知识点

1. 解压缩软件 WinRAR

WinRAR 是一款集创建、管理和控制于一体的压缩文件管理软件。它能够备份用户的数据，减少用户 E-mail 附件的大小，解压缩从 Internet 上下载的 RAR、ZIP 和其他格式的压缩文件，并且能够创建 RAR 和 ZIP 格式的压缩文件。它的压缩率非常高而且占用资源少，支持多媒体压缩，能够修复损坏的压缩文件，内含文件注释和加密等功能。本章将以 WinRAR3.0 汉化版为例进行介绍。

2. 翻译软件金山词霸

金山词霸是由金山软件公司开发的一款翻译软件，提供了中、英、日文的翻译功能。本章将以金山词霸 2007 为例做讲解。金山词霸 2007 除了屏幕取词、词典查词等实用的主要功能之外，还有金山词霸生词本和金山迷你背单词两款具有特色的工具小软件。金山词霸官方下载地址为 http://www.kingsoft.com/。

3. 下载软件迅雷

迅雷（Thunder）是一款使用多资源超线程技术的下载软件，能够将网络上存在的服务器上的资源和个人计算机上的资源进行有效的整合，构成独特的迅雷网络。通过迅雷网络，各种数据文件能够以最快的速度进行传递，大家便可以用较快的速度下载各类资源，比如文本、软件安装程序、视频文件等。本章以最新版本迅雷 5 为例进行介绍。

实现方法及步骤

1. WinRAR 软件

（1）WinRAR 的压缩文件功能

创建压缩文件是指通过 WinRAR 将电脑中的多个文件或文件夹压缩成一个文件，生成一个压缩包。创建压缩文件通常有两种方法。

第一种方法比较简单，是通过右键菜单压缩文件。选择需要压缩的单个或多个文件及文件夹单击鼠标右键，在弹出的快捷菜单中选择相应的命令，即可在当前位置生成压缩包，如图 5-40 所示，可以根据用户的需要选择压缩命令。

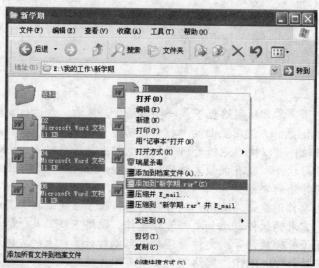

图 5-40　右键菜单压缩文件

　　第二种方法是使用 WinRAR 工具栏压缩文件。下面将 F 盘下的"Excel 资料"、"Word 资料"
2 个文件夹以及一个 Word 文档"ppt 教案"压缩为一个压缩包，名称为"计算机基础"，具体
操作步骤如下。

　　步骤 1，启动 WinRAR，在其操作界面的地址下拉列表框中选择 F 盘，然后在下方的列表
框中选择要压缩的"Excel 资料"、"Word 资料"文件夹以及 Word 文档"ppt 教案"，如图 5-41
所示。

图 5-41　选择要压缩的文件

　　步骤 2，单击 WinRAR 工具栏中的【添加】按钮，弹出"档案文件名字和参数"对话框，
如图 5-42 所示，然后在"档案文件名"文本框中输入压缩包的名称。在"档案文件格式"栏选
择压缩文件格式，一般选中"RAR"，在"压缩方式"下拉列表中选择压缩的方式，选择"最
好"时压缩速度也就最慢，选择"最快"时压缩性就最差，保持默认的"标准"即可，如图 5-42
所示。

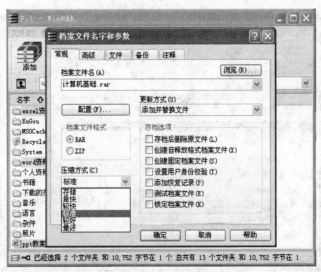

图 5-42　"档案文件名字和参数"对话框

步骤 3，完成设置后单击【确定】开始压缩文件，并显示压缩进度、已用时间和剩余时间等信息，压缩结束后便在当前目录下生成一个名为"计算机基础"的压缩包。

（2）WinRAR 的解压缩文件功能

对于创建的压缩文件以及从网上下载的扩展名为 RAR 和 ZIP 的压缩文件在使用前需用WinRAR 进行解压。除此之外，使用 WinRAR 还可以解开扩展名为 CAB、ARJ、ACE、JAR 等多种类型的压缩文件。解压缩文件通常也有两种方法。

第一种方式是使用右键菜单解压文件。用鼠标右键点击压缩包，在弹出的快捷菜单中选择所需的解压命令便可以解压文件，如图 5-43 所示。

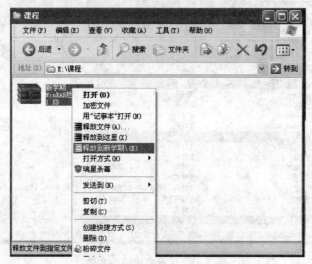

图 5-43 右键菜单解压文件

第二种方式是通过 WinRAR 工具栏解压文件。下面以对压缩包"计算机基础.rar"进行解压为例，其当前放置在 F 盘"课堂资料"文件夹下。其具体操作步骤如下。

步骤 1，启动 WinRAR，在其操作界面的地址下拉列表框中选择压缩包所在的盘符，然后双击"课堂资料"文件夹，在下方的列表框中找到要解压的文件"计算机基础.rar"，如图 5-44所示。

图 5-44 选择要解压缩的文件

步骤 2，单击 WinRAR 工具栏中的【释放到】按钮，弹出"释放路径和选项"对话框，"目标路径"文本框默认为压缩包所在的目录，也可手动输入用于放置解压后文件的路径，如图 5-45 所示。

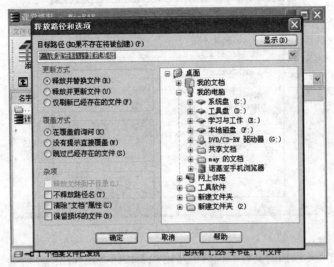

图 5-45　"释放路径和选项"对话框

步骤 3，单击【确定】按钮开始解压文件，并显示解压进度。解压结束后将在当前目录下生成一个名为"计算机基础"的文件夹，双击该文件夹便可查看解压后的文件内容。

（3）WinRAR 的其他功能

WinRAR 作为一个功能强大的压缩管理工具，除了压缩和解压文件，还有管理压缩包、修复和加密压缩包等使用功能。

① 管理压缩包。创建压缩包后还可以将其他位置的文件添加到压缩包中，其具体操作如下。

步骤 1，启动 WinRAR 后，单击【添加】按钮，弹出"档案文件名字与参数"对话框，单击【浏览】按钮，弹出"查找档案文件"对话框，选择要添加文件的压缩包，如图 5-46 所示。

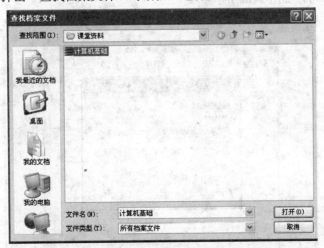

图 5-46　"查找档案文件"对话框

步骤 2，单击【打开】按钮打开该压缩包，然后在"档案文件名字和参数"对话框中选择

"文件"选项卡，如图 5-47 所示。

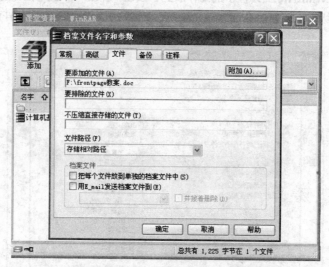

图 5-47 "文件"选项卡

步骤 3，单击"要添加的文件"栏后的【附加】按钮，在弹出的"请选择要添加的文件"对话框中选择要添加的文件夹及文件后，单击【确定】按钮返回。

步骤 4，单击【确定】按钮，即可将文件压缩并添加到所选压缩包中。

② 修复损坏的压缩文件。如果不慎损坏了压缩包中的数据，可能出现压缩包在解压时提示遇到错误，使用 WinRAR 可以对其进行修复。

其具体方法是：在 WinRAR 主界面下方的文件列表中选择要修复的压缩文件后单击工具栏中的【修复】按钮，在弹出的"正在修复"对话框中指定保存修复后的压缩文件的路径，并选择压缩文件类型，然后单击【确定】按钮便可以开始修复文件。

③ 加密保护压缩包。随着用户对数据安全意识的逐步提高，对文件进行加密保护成了一种迫切需要，尤其是在网络共享和传送时。通过 WinRAR 压缩工具还可以对压缩包进行加密保护。方法是在"档案文件名字和参数"对话框中选择"高级"选项卡，再单击【设置密码】按钮进行密码设置即可，如图 5-48 所示。

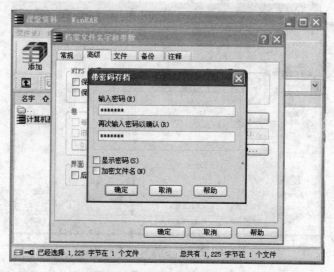

图 5-48 加密保护压缩包

2. 金山词霸

（1）词典查词功能

金山词霸提供了中英文单词的查询功能，方法是在金山词霸主界面的输入框中输入要查询的中、英文单词或词组，在显示框内将显示简短的查询结果。

下面以用金山词霸查询 computer 的汉语解释为例，具体操作步骤如下。

步骤 1，在输入框中输入需要查找的英文词汇 computer，当用户向输入框中输入字词的过程中，左侧目录栏中会随时按英文字母的顺序变更与被输入的单词或词组相近的内容，直到输入完成为止。如图 5-49 所示。单击音标右侧的声音图标 便可听到发音。

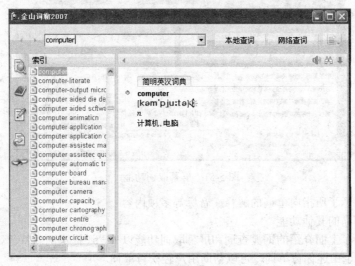

图 5-49　词典查词功能

步骤 2，点击【本地查词】按钮，或双击左侧目录栏中被选中的"computer"单词，可以在显示栏中显示所查询单词或词组的详细解释。此时左侧目录栏显示词典，右侧显示栏中显示列表中单词的详细解释和例句。如图 5-50 所示。

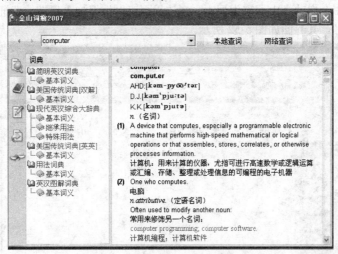

图 5-50　computer 的详细解释和例句

点击【网络查词】按钮，则对于在词霸中查不到的单词或者用户对查询结果不满意的单词，词霸连接到爱词霸在线词典，帮助用户查找所需要的信息。

（2）屏幕取词功能

启动金山词霸后就进入了屏幕取词功能，此时将鼠标光标移至屏幕上任何出现中、英、日文的地方，金山词霸将弹出一个浮动窗口，显示相应的词义。如图 5-51 所示。

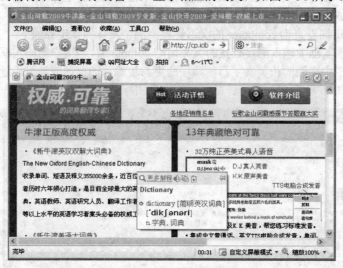

图 5-51　屏幕取词功能

浮动窗口显示了所指向单词的解释、音标等多项内容。

（3）金山词霸的其他功能

金山词霸除了上面介绍的词典查词和屏幕取词功能以外，还提供两款特色工具小软件：金山词霸生词本和金山迷你背单词，可以帮助用户轻松背单词。

① 金山词霸生词本。金山词霸生词本是一款帮助用户记忆生词的工具软件。生词本能随时记录用户使用词霸（屏幕取词或词典查词）查找过的单词，把它们加载到生词本中，并进行一系列的记忆测试及复习，帮助用户记忆生词。

单击金山词霸显示栏上方工具栏中的 ▤ 按钮，在下拉菜单中选择【工具】菜单下的"金山词霸生词本"命令启动金山词霸生词本，在该界面可以根据加入日期、背诵日期以及陌生程度等进行练习记忆。其界面如图 5-52 所示。

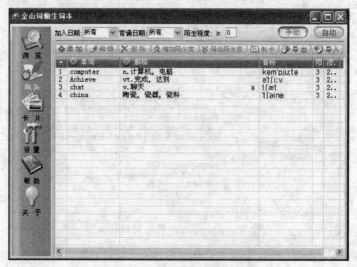

图 5-52　金山词霸生词本界面

② 金山迷你背单词。金山迷你背单词是一款单词记忆类工具，可以滚动显示单词供用户随时记忆，界面小巧，占用系统资源也很小，浮动在窗口前端，是英语学习者的好帮手。

单击金山词霸显示栏上方工具栏中的 ▤ 按钮，在下拉菜单中选择【工具】菜单下的"金山迷你背单词"命令启动金山迷你背单词，主界面如图 5-53 所示。

图 5-53 金山迷你背单词界面

"金山迷你背单词"的基本使用方法如下。

步骤 1，将鼠标指针移至单词滚动区，单词滚动区将暂停滚动显示且指针变成 ，此时在单词滚动区中单击相应的解释或单词，便可听到朗读，同时将弹出浮动窗口显示详细解释，如图 5-54 所示。

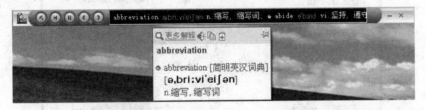

图 5-54 朗读并查询某个单词

步骤 2，单击左侧的 这 4 个按钮可以控制"金山迷你背单词"的显示情况，分别为重新开始、暂停滚动、上一词和下一词。

步骤 3，单击 按钮，弹出"系统设置"对话框，在"基本设置"选项卡中的"词库"下拉列表框中可以选择需要使用的词库，如图 5-55 所示。并可设置滚动条的相关颜色。

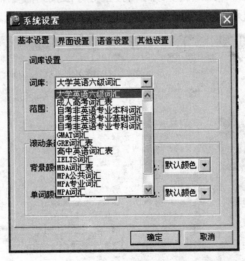

图 5-55 "基本设置"选项卡

单击"界面设置"选项卡，在"界面方案"提供了 5 种"金山迷你背单词"滚动条的外观；单击"语音设置"选项卡，可选择发音方式；单击"其他设置"选项卡，可设置"滚动模式"、"字体大小"和"显示速度"等。

3. 迅雷

（1）迅雷软件的安装

迅雷 5 的安装非常简单，用户可以到其官方网站 http://www.xunlei.com 下载它的安装程序。下载完毕后，执行迅雷安装程序，并按照安装向导的提示一步一步进行安装，安装完毕后运行主程序，其主界面如图 5-56 所示。

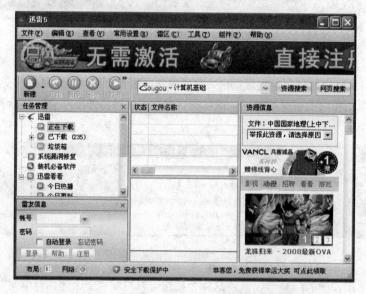

图 5-56　迅雷主界面

（2）使用迅雷下载资源

步骤 1，在下载网站中，通过浏览或站内搜索等方法找到需要下载资源的下载页面，然后在下载链接地址上单击鼠标右键，则弹出快捷菜单，如图 5-57 所示。

图 5-57　使用迅雷下载资源

步骤 2，在快捷菜单中，选择"使用迅雷下载"菜单命令，迅雷会自动运行（如果还没有运行的话）并且打开"建立新的下载任务"对话框，如图 5-58 所示。

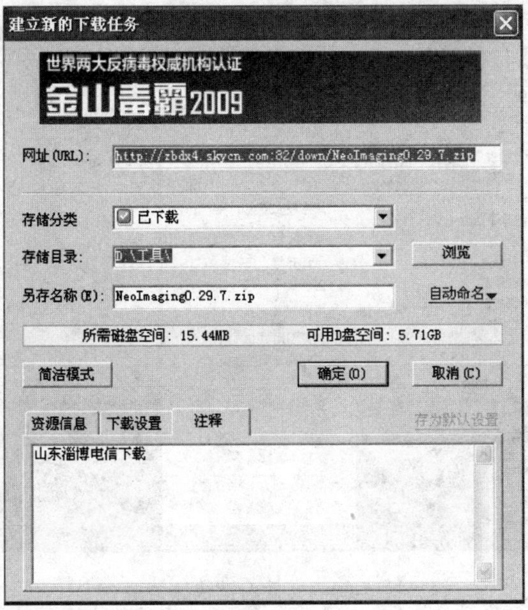

图 5-58　"建立新的下载任务"对话框

在"建立新的下载任务"对话框中，可以设置下载任务的存储目录、文件名称等属性。尤其是当用户想把文件储存在自己选择的位置时，就点击【浏览】，选择存放的位置就可以了。

步骤 3，点击【确定】按钮，迅雷会开始下载当前的文件。主界面显示了下载任务的各种状态信息，如安全信息、任务信息，以及文件的大小、下载进度等。如图 5-59 所示。

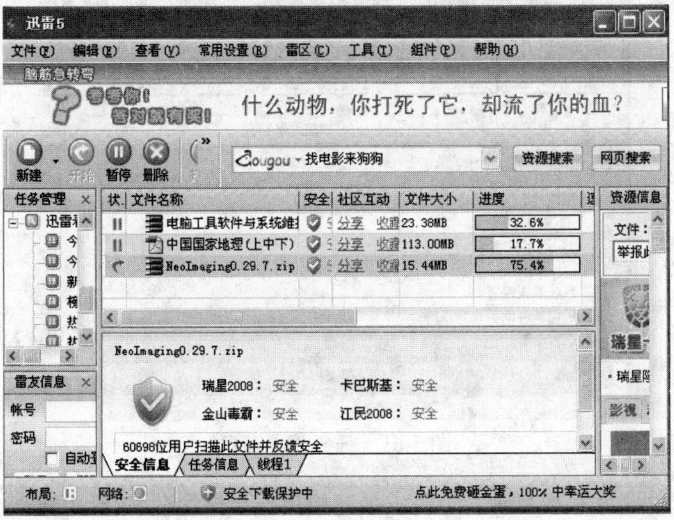

图 5-59　迅雷主界面显示任务信息

迅雷在下载过程中，其悬浮窗也显示当前正在下载任务的进度，因此当用户在进行其他计算机操作时，可以将迅雷主界面关闭，只通过悬浮窗便可以了解任务的下载进度。

如果用户想了解下载文件的信息，比如下载的文件存放的位置等，可以在该文件上点击右键，选择"属性"菜单，如图 5-60所示。在右键弹出的菜单中，还可以对文件的下载进行相关控制，比如暂停文件下载、按顺序模式下载、将所有任务全部开始等。

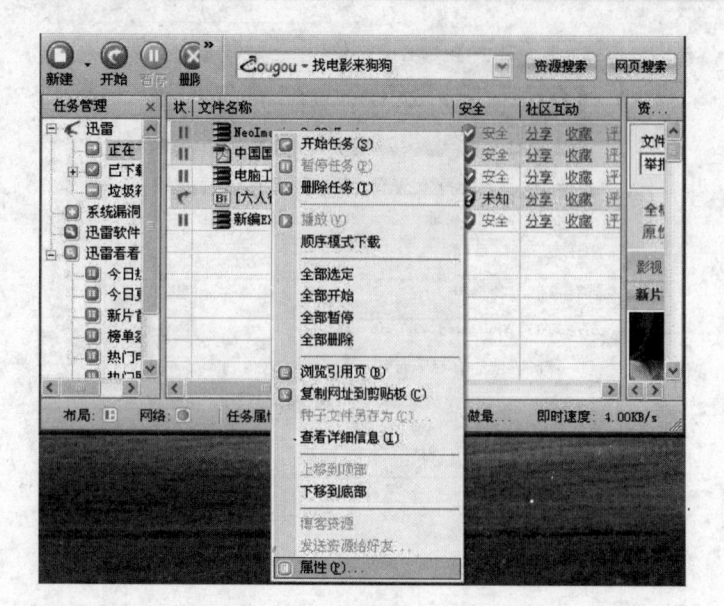

图 5-60　文件右键快捷菜单

（3）迅雷的设置

① 任务分类。迅雷主界面的左侧是任务管理窗口，如图 5-61所示，其结构是一个目录树，分为"正在下载"、"已下载"和"垃圾箱"三个分类，用鼠标左键单击一个分类就会看到这个分类里的任务，用户可以根据需要来查看和调整任务的分类。

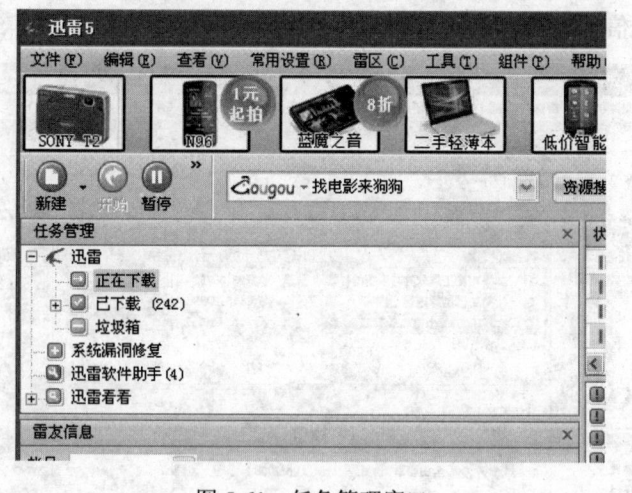

图 5-61　任务管理窗口

② 更改默认的文件存放目录。迅雷安装完成后，会自动在 C 盘上建立一个 "TDDOWN-LOAD" 目录，用来存放下载的文件（路径为 C:\TDDOWNLOAD\）。如果用户希望把下载的文件存放到其他路径，如 "D:\下载"，那么就需要用鼠标右键单击任务分类中的 "已下载" 分类，然后在弹出的快捷菜单中选择 "属性" 菜单命令，则打开 "任务类别属性" 对话框，如图 5-62所示。更改默认目录为 "D:\下载"，然后单击【确定】按钮即可。也可以通过点击菜单栏中 "常用设置" 菜单下的 "存储目录" 选项来修改。

③ 其他的相关设置。在迅雷的菜单栏中还可以对其使用进行相关的设置。"查看" 菜单下

的选项可以设置迅雷的界面显示的内容，比如点击"悬浮窗"，去掉了它前面的"√"，则可以隐藏悬浮窗。在"常用设置"菜单下选择"开机启动迅雷"，则每次电脑启动，迅雷都会直接启动运行。在"工具"菜单下选择"完成后关机"，则用户可以设置当任务栏内所有文件下载完毕后，电脑自动关闭。

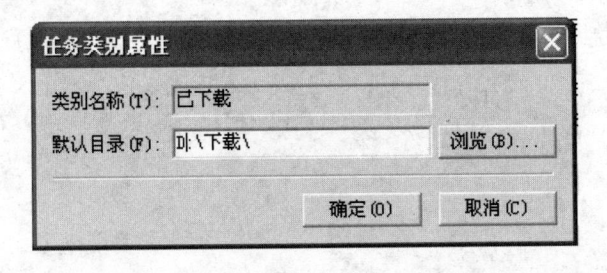

图 5-62 "任务类别属性"对话框

习 题 5

1. 使用瑞星杀毒软件对电脑进行全面的查杀病毒的操作，并进行监控设置，使得开机时就自动开启实时监控功能。

2. 使用瑞星杀毒软件对近期从网上下载的安装程序进行查毒操作。

3. 安装超级兔子，并使用"超级兔子清理王"对系统进行优化和清理维护。

4. 使用"超级兔子魔法设置"对电脑中的启动程序、菜单、桌面及图标和文件进行个性化设置，使其更符合自己的使用习惯。

5. 使用"超级兔子上网精灵"屏蔽掉 IE 上的广告，并加强对 IE 的安全保护。

6. 使用"超级兔子 IE 修复专家"对 IE 进行木马检测。

7. 使用一键 GHOST 对当前的系统进行备份，同时按照个人的使用习惯进行相关的设置。

8. 使用 EasyRecovery 找回前段时间从计算机上删除的某些文件。

9. 选择计算机上 3 个文件或文件夹进行压缩形成一个压缩文件，然后往该压缩包内再添加一个文件。

10. 从网上下载一个压缩包文件，使用瑞星杀毒软件对其进行查毒后，进行解压缩操作。

11. 使用金山词霸查询单词 dictionary、fake、earl、out of、wrath 等。

12. 打开一个英文网页，使用金山词霸对一些字词进行屏幕取词。

13. 使用"金山迷你背单词"查看大学英语四级中的词汇。

14. 练习使用迅雷下载一个 flash 动画。

15. 练习使用迅雷下载一首 mp3 音乐。

第6章　计算机的日常维护

有经验的用户都有这样的体会，计算机新装上系统时运行速度很快，但使用一段时间，性能就会有明显的下降，这固然与系统中的软件增加、负荷变大有关系，更重要的是缺乏日常维护使得硬盘碎片和垃圾文件不断增多，导致系统性能下降。此外，当计算机或软件出现故障时或自己操作不慎，丢失重要数据，也令人沮丧。因此，需要对计算机系统进行合理的维护，使其始终运行在最佳状态，成为工作中的好帮手。

项目一　**备份/还原数据**　介绍 Microsoft Windows XP 附带的备份工具备份计算机上的文件和文件夹。

项目二　**磁盘整理**　介绍 Windows 附带的磁盘清理工具和磁盘碎片整理程序。

项目一 备份/还原数据

项目目标

掌握 Microsoft Windows XP 附带的备份工具来备份计算机上的文件和文件夹。

项目综述

"哎呀，我的计算机中病毒了，杀不掉。简单，格式化 C 盘重装系统，一会儿一个新装的 XP 系统又展现在眼前，哎呀，我 C 盘上的文件呢？全丢了……"

计算机用户大都会有这样的经历，病毒破坏了数据或者自己敲错了一个键误删了文件，工作成果就付诸东流。因此，在使用计算机的过程中，确保系统数据信息安全就显得尤为重要。数据备份和恢复是计算机日常维护中一个非常重要的措施。

相关知识点

数据备份是容灾的基础，是指为防止系统出现操作失误或系统故障导致数据丢失，而将全部或部分数据集合从应用主机的硬盘或阵列复制到其他存储介质的过程。传统的数据备份主要是采用内置或外置的磁带机进行冷备份。但是这种方式只能防止操作失误等人为故障，而且其恢复时间也很长。随着技术的不断发展、数据的海量增加，不少企业开始采用网络备份。网络备份一般通过专业的数据存储管理软件结合相应的硬件和存储设备来实现。

实现方法及步骤

1．运行备份工具

单击"开始"→"程序"→"附件"→"系统工具"→"备份"，初次运行是以向导模式运行的，点击"高级模式"如图 6-1 所示，进入备份工具的主界面如图 6-2 所示。

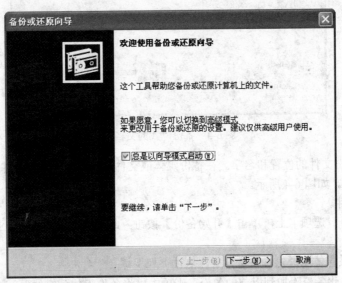

图 6-1　备份或还原向导

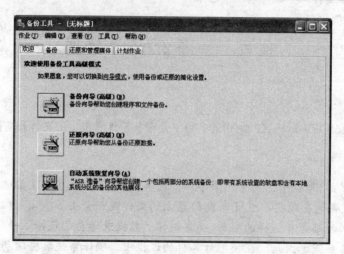

图 6-2　备份工具主界面

2. 备份

以备份"我的文档"为例，其具体操作步骤如下。

① 单击"备份"选项卡。

② 选择要备份的文件夹或驱动器。单击以选中要备份的驱动器所对应的复选框。如果要进行更具体地选择，则展开所需的驱动器，然后单击以选中所需的文件或文件夹所对应的复选框。本例中在右窗口选中"我的文档"，如图 6-3 所示。

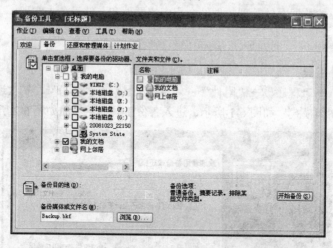

图 6-3　备份"我的文档"

③ 选择备份文件的位置和名字。在备份媒体或文件名处，单击【浏览】按钮，然后选择位置和备份名字。如图 6-4 所示。

④ 备份文件。

a. 在"备份"选项卡上，单击【开始备份】按钮。此时将出现"备份作业信息"对话框，如图 6-5 所示。

b. 在"如果媒体已经包含备份"下，执行下列步骤之一。

● 如果要将此备份附加到以前的备份，则单击"将备份附加到媒体"。

● 如果要用此备份覆盖以前的备份，则单击"用备份替换媒体上的数据"。

图 6-4 备份文件的位置和名字

c. 单击【开始备份】按钮。此时将出现"备份进度"对话框，如图 6-6 所示。

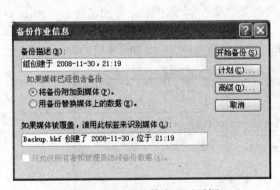

图 6-5 "备份作业信息"对话框

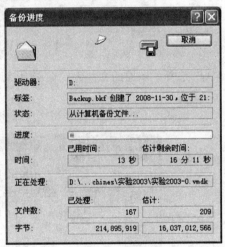

图 6-6 "备份进度"对话框

⑤ 结束备份。完成备份后，单击【关闭】按钮，如图 6-7 所示。

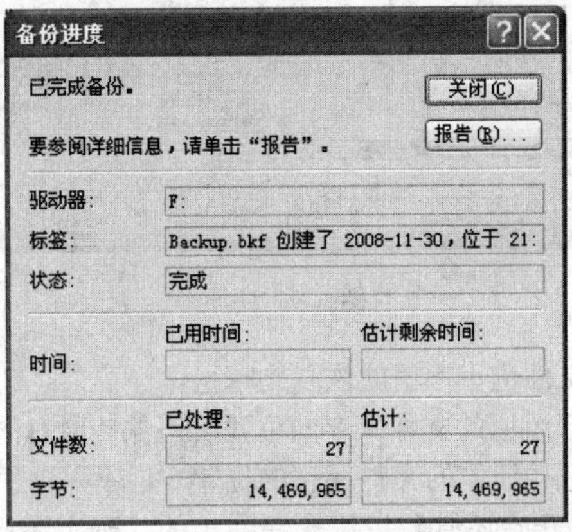

图 6-7 备份完成

3. 还原

① 单击"还原和管理媒体"选项卡，如图 6-8 所示。

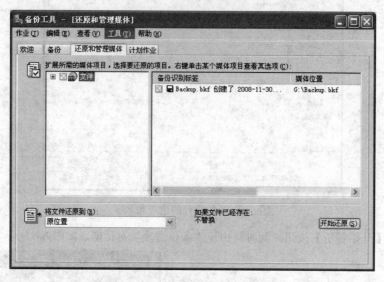

图 6-8 "还原和管理媒体"选项卡

② 选择要还原的文件夹。在左窗口逐级展开"文件"，选中要还原的文件夹，如图 6-9 所示。

③ 选择还原的位置。在"将文件还原到"选择还原的位置，如图 6-9 所示。

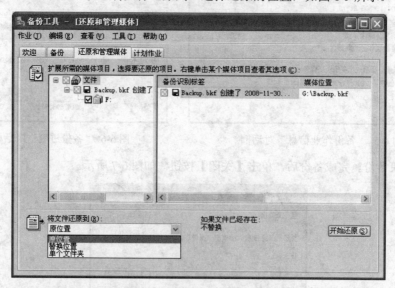

图 6-9 还原

a. 原位置：备份时的文件位于哪里就恢复到哪里。

b. 替换位置：自己选择还原的文件保存的位置，但保持原有的目录结构。

c. 单个文件夹：自己选择还原的文件保存的位置，但不保存原有的目录结构。

④ 还原文件。单击【开始还原】按钮，在弹出的"确定还原"对话框中单击【确定】按钮。

⑤ 结束还原。完成还原后，单击【关闭】按钮，如图 6-10 所示。

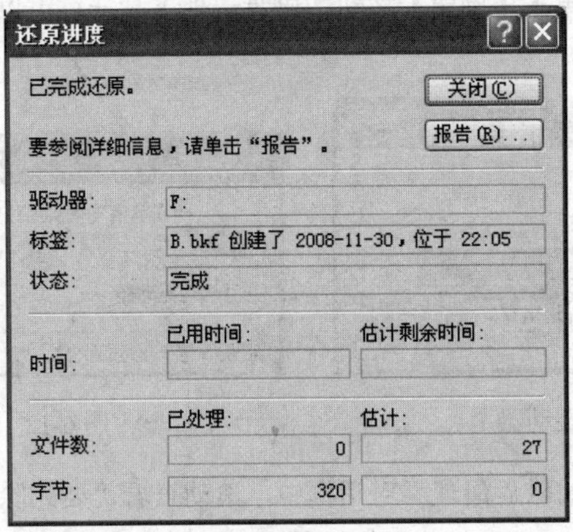

图 6-10　结束还原

项目二　磁盘整理

项目目标

掌握使用 Windows 附带的磁盘清理工具和磁盘碎片整理程序来维护计算机。

项目综述

我的计算机系统没装多久，怎么运行速度又变得越来越慢了，硬盘灯总是不停地闪呀闪，读不完的数据。没办法，只好再重装一遍了……先别着急，用下面介绍的 Windows 自带的磁盘维护工具试试吧。

相关知识点

1. 磁盘清理

操作系统在执行任务的时候，往往需要一些临时文件的帮助，而遗憾的是某些程序运行时会创建临时文件结束时却不删除。磁盘清理工具是 Windows 附带的一个实用工具，可以帮助释放硬盘上的空间。该实用工具先标识出可以安全删除的文件，然后允许选择希望删除部分还是全部标识出的文件。

2. 磁盘碎片整理

计算机使用久了，磁盘上保存了大量的文件，这些文件并非保存在一个连续的磁盘空间上，而是把一个文件分散地放在许多地方，这些零散地文件被称作"磁盘碎片"。磁盘碎片整理程序也是 Windows 附带的一个实用工具，用于合并计算机硬盘上存储在不同碎片上的文件和文件夹，从而使这些文件和文件夹中的任意一个都只占据磁盘上的一块连续空间，加快磁盘读写速度。

实现方法及步骤

1. 磁盘清理

① 单击"开始"→"程序"→"附件"→"系统工具"→"磁盘清理"。如果有多个驱

动器，会提示指定要清理的驱动器，如图 6-11 所示。

② 选定驱动器后，单击【确定】按钮。磁盘清理工具计算可以释放的磁盘空间量，如图 6-12 所示。

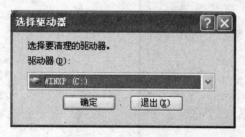

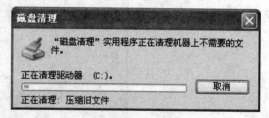

图 6-11　选择驱动器 　　　　　　　　　　图 6-12　磁盘清理

③ 在"（驱动器）的磁盘清理"对话框中，滚动查看"要删除的文件"列表的内容，如图 6-13 所示。

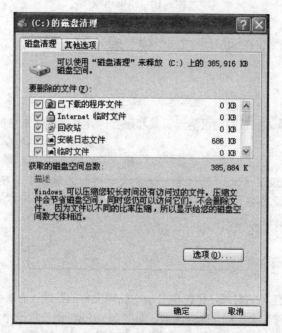

图 6-13　"（驱动器）的磁盘清理"对话框

④ 选择要删除的文件所对应的复选框，然后单击【确定】按钮。

⑤ 提示确认要删除指定文件时，单击【是】按钮。

2. 磁盘碎片整理

① 单击"开始"→"程序"→"附件"→"系统工具"→"磁盘碎片整理程序"，如图 6-14 所示。

② 在"磁盘碎片整理程序"对话框中，单击要对其进行碎片整理的驱动器，然后单击【分析】按钮。

③ 分析完磁盘之后，将显示一个对话框，如图 6-15 所示，提示是否应该对所分析的驱动器进行碎片整理。

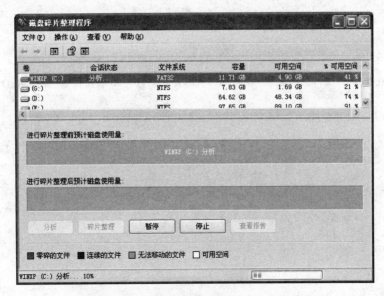

图 6-14 "磁盘碎片整理程序"对话框

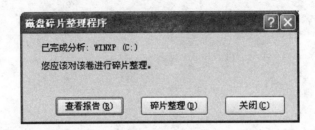

图 6-15 分析结果

④ 如需要整理磁盘,请单击【碎片整理】按钮。

⑤ 完成碎片整理之后,磁盘碎片整理程序将显示整理结果,如图 6-16 所示。

⑥ 整理完毕,单击窗口标题栏上的【关闭】按钮。

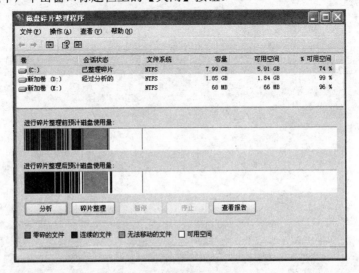

图 6-16 整理结束

习 题 6

1．为"我的文档"文件夹，建立一个每周一至周五下午 16：00 备份计划，备份在 D 盘根目录下取名为 A.BKF。

2．对 D 盘进行碎片整理。

附录　浙江省计算机等级考试办公软件高级应用技术（二级）考试大纲

2008-09-01

基本要求

1．掌握 Office 各组件的运行环境和视窗元素。

2．掌握 Word 高级应用技术，能够熟练掌握页面、样式、域的设置和文档修订。

3．掌握 Excel 高级应用技术，能够熟练掌握工作表、函数和公式，能够进行数据分析和外部数据的导入导出。

4．掌握 PowerPoint 高级应用技术，能够熟练掌握模板、配色方案、幻灯片放映、多媒体效果和演示文稿的输出。

5．熟练掌握 Office 公共组件的使用。

考试范围

一、Word 高级应用

1．Word 页面设置

正确设置纸张、版心、视图、分栏、页眉和页脚，掌握节的概念并能正确使用。

2．Word 样式设置

① 掌握样式的概念，能够熟练地创建样式，修改样式的格式，使用样式。

② 掌握模板的概念，能够熟练地建立、修改、使用和删除模板。

③ 正确使用脚注、尾注、题注、交叉引用、索引和目录等引用。

3．域的设置

掌握域的概念，能按要求创建域、插入域和更新域。

4．文档修订

掌握批注、修订模式，审阅。

二、Excel 高级应用

1．工作表的使用

① 能够正确地分割窗口、冻结窗口，使用监视窗口。

② 深刻理解样式、模板概念，能新建、修改、应用样式，并从其他工作薄中合并样式，能创建、使用模板，并应用模板控制样式。

③ 使用样式格式化工作表

2．函数和公式的使用

① 掌握 Excel 内建函数，并能利用这些函数对文档进行统计、处理。

② 掌握公式的概念，能创建和应用数组公式。

3．数据分析

① 掌握数据列表的概念，能设计数据列表，利用自动筛选、高级筛选，以及数据库函数来筛选数据列表，能排序数据列表，创建分类汇总。

② 了解数据透视表的概念，能创建数据透视表，在数据透视表中创建计算字段或计算项目，并能组合数据透视表中的项目。

4．外部数据导入与导出

与数据库、XML 和文本的导入与导出。

三、PowerPoint 高级应用

1．模板与配色方案的使用

① 掌握设计模板、内容模板、传统应用模板的使用，能运用并禁用多重模板。

② 掌握使用、创建、修改、删除和复制配色方案。

③ 掌握母版的概念，能够编辑并使用母版。

2．幻灯片放映

① 能够使用动画方案并自定义动画。

② 掌握幻灯片切换方式，熟练使用动作按钮。

③ 掌握幻灯片的选择放映。

3．幻灯片多媒体效果

能正确地插入并设置多媒体剪辑，添加并播放音乐，设置声音效果，录制语音旁白。

4．演示文稿输出

① 掌握将演示文稿打包成文件夹的方法。

② 掌握将演示文稿发布成 WEB 页的方法。

四、公共组件使用

1．图表

掌握图表的概念，能创建、更新标准类型与自定义类型的图表，并能正确操作图表元素与数据系列。

2．图形

使用"绘图"工具处理自选图形。

3．表格

数据表格插入、数据导入、格式设置、套用格式设置。

4．安全设置

Word 文档的保护。Excel 中的工作薄、工作表、单元格的保护。演示文稿安全设置，包括正确设置演示文稿的打开权限、修改权限密码。

5. 宏的使用

掌握宏的概念，能录制、新建和使用宏。

操作系统与应用软件版本说明

一、操作系统平台

Windows XP Professional

二、应用软件

Office 2003

参 考 文 献

[1] 刘洋，王鹤翔等编著．Word 文档处理与排版应用．北京：机械工业出版社，2008.

[2] 单天德主编．计算机基础实践教程．北京：化学工业出版社，2008.

[3] 郭喜如，周建平编著．Word 高效应用范例宝典．北京：人民邮电出版社，2008.

[4] 吴文虎主编．常用工具软件．第 2 版．北京：清华大学出版社，2005.

[5] 吴春诚，孙印杰，欧明桥等编著．电脑实用工具软件实训教程．北京：电子工业出版社，2006.

[6] 刘刚，刘定林等编著．工具软件一点通．北京：清华大学出版社，2007.

[7] 崔淼，武学东，何江编著．计算机常用工具软件．北京：机械工业出版社，2006.

[8] 袁建华编著．中文版 Excel 2003 实用培训教程．北京：清华大学出版社，2003.

[9] 韩小良，陶圆主编．Excel 数据透视表从入门到精通．北京：中国铁道出版社，2008.

[10] 汪启昕主编．中文 Excel 应用小窍门．北京：石油工业出版社，2006.

[11] 韩小良主编．Excel 企业管理应用案例精粹．北京：电子工业出版社，2007.

[12] 王淑江，刘晓辉编著．Windows 2000/XP/2003 组策略实战指南．北京：人民邮电出版社，2006.

[13] 张发凌编著．精通 Windows 98/2000/XP/2003 注册表技巧 600 招．北京：人民邮电出版社，2006.

[14] 王诚君，杨全月编著．中文 Word 2003 应用教程．北京：清华大学出版社，2004.

[15] 全国职业学校信息技术教材编写委员会主编．中文 Word Excel PowerPoint 应用教程．北京：中国宇航出版社，2003.

[16] 王明，张仲美主编．计算机应用技术．北京：化学工业出版社，2008.

[17] 杨诚忠主编．中文版 Word 2000 入门教程．北京：航空工业出版社，1999.

[18] 玄伟剑主编．中文版 Word 2003 入门与提高．成都：电子科技大学出版社，2004.